La fin d'un monde

Du même auteur

Un coup à prendre, Au diable vauvert, 2011.
Ce parfait ciel bleu, Au diable vauvert, 2012.
Que ton règne vienne, JC Lattès, 2014.
Charles Draper, JC Lattès, 2016.
Les Hautes Lumières, JC Lattès, 2017.
La Vie sans toi, JC Lattès, 2019.
Le petit chat est mort, Flammarion, 2020.
Mon garçon, Flammarion, 2021.
Toute la famille ensemble, Flammarion, 2022.
La nuit des pur-sang, Flammarion, 2023.

Xavier de Moulins

La fin d'un monde

roman

Flammarion

ISBN : 978-2-0804-3724-2

« Il faut que tout change pour que rien ne change. »

Giuseppe Tomasi di Lampedusa,
Le Guépard.

« Telle est la vie des hommes. Quelques joies, très vite effacées par d'inoubliables chagrins. Il n'est pas nécessaire de le dire aux enfants. »

Marcel Pagnol,
Le Château de ma mère.

Bien à toi,

Première partie

1

L'étendue des arbres recouvre l'horizon, le clocher de l'église le transperce.

Les premiers rayons s'infiltrent à travers les branches, ils peignent sur le sol des ombres délicates et mouvantes. Tout est calme, tout est serein.

Au loin, de rares nuages disparaissent dans une mer de lumière.

Le soleil jaillit. En quelques bouffées, l'air se remplit du parfum des fleurs et se raréfie.

Tu t'es garé juste après le presbytère en face de l'ancienne épicerie.

C'est là que tout se passait autrefois. Là, devant l'ancien lavoir, que tu venais refaire le monde avec les autres gosses pendant tes vacances, fumer en cachette, embrasser tes premières fiancées, et remplir le réservoir de ta mobylette, une Peugeot 103 SP, en sirotant une bouteille de Gini. Des années après, tu es encore sur le pas de la porte en culotte courte, tu entends à nouveau retentir la sonnette, tu te racles la gorge pour signaler ta présence. Derrière le comptoir, une ombre grandit sur le carrelage, la main en visière, un homme en bleu de travail apparaît. Le contre-jour rend sa mine indéchiffrable, il claudique.

Tu as peur à cause de sa grosse voix.

Comment s'appelait-il, déjà ? Tu cherches. Ça te revient, il avait un fils d'à peu près ton âge que tu ne voyais jamais. Il n'était jamais invité au château.

Quel était son prénom ?

Ta mémoire ne remonte pas jusque-là. Pas maintenant dans cette voiture.

L'épicier est sûrement mort depuis longtemps. Ton enfance aussi.

Peut-être que tout ressurgira quand tu ne t'y attendras pas. Son prénom sortira de ton chapeau par surprise, et la révélation te fera sourire. Même pleurer, qui sait ?

Tu chiales pour un rien en ce moment. Mais tes larmes ne sortent pas. Tu prétends ne pas savoir pourquoi, alors que ça semble évident pourtant quand on y réfléchit.

Tu retrouveras peut-être le visage de l'épicier, celui de son garçon aussi. Derrière son comptoir, Marcel Vidal ressuscitera devant toi, le temps d'un clignement de paupières ; il te saluera avec son accent à couper au couteau, posera ses grosses mains sur ton crâne et même la question :

— Tu cherches quelque chose, petit ?

Et le vieux retournera dans les limbes en riant.

L'autoroute était presque déserte.

Tu as roulé sur la fin de la nuit, vu le jour se lever et le petit matin t'accueillir sous un ciel mauve. Dehors, la température tentait de battre un nouveau record, une chaleur étouffante congédiait le vent dès l'aube. L'air pliait bagage. Tu es encore escorté par la climatisation mais tu n'es pas dupe. Sur ton rétroviseur un porte-clé pendouille, sur la photo, une Vierge fluo à l'œil noir te contemple. Elle est là pour te protéger quand tu conduis. Ta femme l'a acheté dans la boutique d'un musée, il y a une vie ou deux, tu ne sais plus, c'était bien avant la naissance des enfants, il date de vos débuts prometteurs et de ta demande en mariage, l'art moderne.

Tu fermes les yeux et tu inspires. Tu attends sur ton siège que quelque chose se passe et vois défiler le visage de tes gosses. Déterminé à défier le soleil, tu ouvres la portière, tu as besoin de marcher pour te dégourdir au moins un peu les jambes, allumer une cigarette, avant de poursuivre ta route et te pointer à ce curieux rendez-vous.

Là-haut. Là où plus personne ne t'attend.

Tu as tout décidé dans la nuit, et tu as foncé.

Te voilà.

Tu avais pourtant juré de ne plus jamais remettre un pied par ici.

Dès qu'on te posait la question, tu coupais court.

La page était tournée.

Tu as toujours détesté les adieux. Ce n'est pas facile de fuir sans se retourner, douloureux souvent et impossible parfois.

La preuve.

Une énième nuit sans sommeil s'est chargée de finir de te convaincre ; tu as mis un drap sur ton ego et le cap à l'ouest, direction le village et les pâturages de ton enfance.

Tu es devenu si étrange depuis le coup de téléphone de ta mère il y a deux ans. C'est elle qui t'a annoncé la nouvelle en retenant son chagrin par la peau du cou.

— Édouard a vendu la maison.

2

Tu as roulé sans te poser de question en t'efforçant de ne pas y penser, en luttant pour ne pas refaire toute l'histoire du château et rester concentré sur la route. Le film des événements a commencé à se rembobiner malgré toi.

La pellicule était hantée par une armée de fantômes ; dans le jargon des familles on appelle ça une lignée. Pas besoin de bien la connaître pour la sentir trembler en toi, pour avoir à certains moments l'impression qu'une secte te dirige, ce sont eux, les ancêtres, et les conséquences de leur choix qui lézardent tes murs et tes fondations.

Tu as tenté de les faire partir et tu as échoué.

Tu ouvres ta portière.

La chaleur te repousse et t'encourage à rester bien au frais, les mains sur le volant dans le ventre de ta climatisation, à remettre le contact et à repartir d'où tu viens. Tu t'accroches à ton idée, et sors de ta voiture. Tu te dis : « Allez, Luigi, dis bonjour au soleil qui un jour brûlera définitivement le village, va faire un tour avant le grand incendie, de toute façon tout est foutu, le monde est en feu, le tien est déjà une terre brûlée », et tu commences à marcher sur ses cendres.

Tu penses à la chanson *Life on Mars?* de David Bowie, aux fusées d'Elon Musk, à *La vie est ailleurs* de Milan Kundera, à ta femme au temps où elle t'aimait encore, à tes enfants, à ta peur de finir seul, vieux et abandonné, à ton oncle après la vente de cette baraque, à la fuite, à l'errance, aux impasses, et le soleil te cogne dessus. Il ressemble à Mike Tyson un soir de combat au Madison Square Garden. À cet instant précis, ta vie est une fleur séchée dans une grange en feu. Tu imagines des flammes danser dans la cave de ta maison de famille, aucun miracle ne se produit pour les arrêter. Le feu s'est répandu par les escaliers, il se voit de loin. Personne n'a pris le temps d'appeler les pompiers. Il ne reste plus rien de cette histoire, rien de votre histoire familiale.

Il ne reste plus rien du château.

C'est juste pour ça que tu as fait le chemin.

Pour en prendre note, réaliser et admettre. Enfin.

Il était temps.

Il y a un abcès à percer.

Des volets s'ouvrent, un chat traverse la rue, deux voitures se croisent, une vieille apparaît à sa fenêtre, des voix d'enfants surgissent d'une maison, un homme promène son chien, les derniers coins d'ombre disparaissent, ta gorge te pique, tu as envie d'un Perrier et d'une avalanche de glaçons, le rideau du bar est fermé. A-t-il encore changé de propriétaire ?

Combien coûte le menu du jour ? La dernière fois que tu es venu ici, la patronne t'a offert un demi, elle voulait trinquer à la santé du château et de ses habitants, porter un toast à ta famille, et t'avait posé la question sans détour.

— Alors c'est vrai qu'il vend ?

Tu avais pris sa question comme un crochet du gauche et répondu d'un sourire placide :

— Sans commentaire.

Elle s'était retournée pour essuyer les verres et avait changé de sujet. Elle s'est tuée pendant le premier confinement sans laisser de mot à personne. Aucun rapport avec ton affaire, tout à voir avec les ténèbres. En apprenant cette nouvelle, tu as senti le sol s'ouvrir sous tes pieds et, le temps d'un souffle, le grand vide.

Une averse de souvenirs s'échauffe dans ta tête.

Ils ont déjà dressé la table pour te recevoir.

Au château, les plats se préparent en cuisine ; on a déjà sorti l'argenterie en ton honneur. On est content de te retrouver. Pour fêter ton retour, il y aura du faisan, c'est à peu près sûr. Des faisans chassés juste avant la promesse de vente, du sanglier certainement et de la terrine de chevreuil, la forêt est si grande.

Tu reviens à toi.

Tu as toujours soif et envie d'un Perrier. Ta tête tourne, tu as chaud, peu dormi et n'as rien mangé depuis deux jours.

Tu t'interroges : est-ce un début d'hallucination ou l'appréhension de retourner là-bas ?

3

Tes voyants sont au rouge. Tu erres dans le village encerclé par la nappe de chaleur. Des images de ta nuit te reviennent, tu cherches à t'en débarrasser et cet effort te troue l'estomac. Tu reçois une alerte sur ton téléphone, elle rappelle que pendant la canicule il convient de bien s'hydrater, invite à prendre des nouvelles des plus vulnérables. Tu te retiens de penser à eux. À Nathan et Juliette. Estelle a déjà dû les récupérer. Elle est loin de se douter de la couleur de ta nuit, de son odeur, de sa texture, de ce qui t'a poussé à partir. Elle t'a appelé évidemment, elle a cherché à te joindre en masqué pour ne pas laisser de trace, et ne t'a pas écrit de message. Si tu avais décroché, elle aurait fini par te raccrocher au nez. C'est ce que tu te racontes là, tout de suite, l'esprit embrumé, écrasé par la chaleur et le poids de ta décision. En vérité, tu ne sais même pas si tes enfants ont réussi à joindre leur mère, ni dans quel état ta disparition soudaine a mis les restes de ta famille. Tu n'as pas pris la peine de leur écrire un mot. Quel genre de père part comme ça ?

Que dit ta fuite ? Elle te renvoie à ces anecdotes, à leurs fragments, à des morceaux d'histoires que tu as toujours entendus, chez toi lors de grands dîners familiaux. Tu penses à lui sous le cagnard, la fatigue te téléporte, tu t'offres l'espace d'un instant un voyage dans le temps, un court film d'époque. Cette errance te renvoie en plein Empire austro-hongrois. Tu te poses la question. Qui était-il vraiment, cet ancêtre des Carpates qui te fascinait tant, enfant ? Tu es avec lui dans son régiment de cavalerie. C'est la proclamation de l'indépendance, la révolte contre l'Autriche. On t'a souvent parlé du printemps 1849, de la capitulation, de la traque des rebelles. On t'a souvent parlé du destin, de sa condamnation à mort. On t'a raconté mille fois sa traversée de l'empire à cheval, toute sa vie à tenter de trouver refuge, d'abord près du duché de Hanovre puis à Paris. Tout te revient. Tu te rappelles certains détails. Il était avec l'empereur Napoléon III et l'impératrice Eugénie le jour de l'attentat d'Orsini et lui aussi en a réchappé. 14 janvier 1858. Tu connais cette date et quelques autres aussi. L'histoire de ta famille est un épais brouillard, mais quelques zones d'éclaircies demeurent. On n'échappe jamais bien longtemps à son éducation. La chaleur du village te ramène à lui, à cette légende à la cour du roi de Grèce où il a terminé grand écuyer, à son fils, au grand-père de ta grand-mère, à la tentaculaire généalogie des anciens, à leur disposition vis-à-vis des chevaux, à leur portrait dans la maison en tenues d'apparat. Pourquoi lui ?

Tu as coupé ton portable.

Est-ce que quelqu'un se doute que tu es ici ?

Tu déniches enfin un coin d'ombre pas plus grand que la niche d'un chien. Tu t'y vois t'allonger pour récupérer.

D'abord tu n'as pas voulu y croire, tu t'es dit qu'il y avait le temps, qu'avec ce virus, tout allait s'annuler, qu'il ne partirait pas, ton château, que les fantômes de tes illustres ancêtres continueraient à veiller sur toi. Tu serais toujours reçu au refuge.

La nouvelle t'a fait dégueuler, et tu n'as rien compris à ce qui t'arrivait. Tu t'es senti à la fois nul, minable, responsable, coupable et innocent, suivant le jour où l'heure qu'il était. La journée, tu parvenais à ne pas y songer ; mais tes nuits sont devenues clairsemées. Tu refusais d'admettre la réalité, tu niais cette information.

« Édouard a vendu la maison. »

Ce soir de décembre, l'annonce de ta mère, mécanique, froide, implacable.

« Édouard a vendu la maison. »

Tu as essoré ces cinq mots dans tous les sens. Tu l'as plantée là au bout du fil, seule, impuissante, consternée. Sa froideur appelait pourtant ta chaleur. Tu n'as pensé qu'à toi. Tu as écouté ta mère sans rien dire, juste posé au pied de son annonce ce blanc épais au téléphone, la tête ailleurs. Tu n'as paru ni étonné, ni triste, ni en colère ou cynique, encore moins rassurant. Au bout du fil, elle n'a pas senti un fils, elle n'a senti que ton vide.

Ta mère si froide avait le cœur brûlé.

Elle a les yeux qui pleurent quand elle rit. À l'origine, ta mère n'est pas un marteau qui assomme, ce n'est pas dans ses habitudes d'être aussi radicale et directe, elle l'est devenue avec le temps qui écrabouille, avec la douleur qui vous ratatine et la vie qui vous passe dessus. Elle survit avec le cœur écrasé depuis si longtemps.

La vie de ta mère et cette vente. Ces deux histoires parlent d'injustice.

Peut-être que tout ça fera sens, un jour.

Et les pertes seront acceptées.

— Tu aurais dû faire mieux et reprendre. Racheter la maison de famille.

Ah, c'est vrai que tu y as pensé. C'est là que tout le monde t'attendait. Tu es tellement décevant. Qu'est-ce qu'on s'en fout que tu n'en voulais pas au fond ? Qu'est-ce qu'on se fout que tu n'en avais pas les moyens ?

Ce disque-là, tu le connais par cœur, et pour cause, c'est toi qui as écrit la chanson. Elle passe en boucle dans ton esprit ; elle te réveille la nuit, te pousse à éviter les miroirs. Même encore aujourd'hui alors qu'il est trop tard.

Quand le son du regret est trop fort, tu recommandes un gin tonic et tu donnes le change aux vivants.

Tu sais que ça ne rime à rien.

Au fond de toi, cette pensée te hante. Pourquoi ?

« Édouard a vendu la maison. »

Nous ne sommes pas égaux face à la détonation, la déflagration, les dilapidations, le gâchis et la trahison.

Tu le sais, Luigi, face à l'humaine cruauté nous sommes seuls.

Le reste, c'est du vent.

4

Cette journée s'annonce longue et beaucoup trop chaude. Le village est balafré par la modernité. Il a des airs de cité-dortoir pour les travailleurs d'à côté, ceux de la grande ville à trente kilomètres et même depuis quelques années pour les Franciliens les plus pauvres.

Quand tu étais gamin, ton père mettait plus de trois heures pour transhumer avec sa famille. L'autoroute n'arrivait pas jusqu'ici. Les gens qui vivaient là se cassaient le dos dans leur ferme, d'autres partaient en car au petit matin rejoindre les usines des environs.

Aujourd'hui, seuls quelques fermiers tentent le tout pour le tout pour survivre.

Tu commences à siffloter pour te donner du courage. Un air de Leonard Cohen te revient : *Dance Me to the End of Love*.

Depuis quand n'es-tu pas revenu par ici ? Tout se remet en place, les formes, les couleurs, les odeurs, les gens. Tes souvenirs sont au garde-à-vous, et, pas après pas, le flou devient net.

Tu as pris position dans un nouveau carré d'ombre.

Tant pis si le décor a évolué, tant pis si la modernité est venue modifier la morphologie du village, l'a étiré, a multiplié par trois le nombre d'habitants et divisé par dix celui des commerces.

Tant pis si les maisons de la rue principale ont changé de mains, si la boucherie et la boulangerie ont fermé, si la poste n'existe plus. Tant pis si la plupart des gens que tu as connus sont partis vivre ailleurs.

Des coquelicots poussent encore sur le bord de la route.

Tu trouves le moyen, à cet instant, d'être bien.

Depuis que tu as appris pour la vente, le village a traversé tes nuits. C'est à ton tour de le parcourir. Tu marches sur le trottoir de ta jeunesse. Tu remontes l'artère principale. Tu longes à pas de loup ce bout de ta vie d'avant.

Un goût de métal dans la bouche te prévient.

Avec ce genre de pèlerinage, deux solutions s'offrent à toi : partir de ton plein gré ou prendre le risque de devenir fou.

Il n'y a parfois rien de bon à se souvenir.

Luigi, tu as besoin de remonter cette grande rue avant de t'attaquer à l'épineux problème des adieux.

Les flashs de ta nuit te perforent à nouveau l'abdomen. Tu as envie de vomir pour t'en débarrasser.

Tu n'aurais jamais imaginé assister à ça de ton vivant ni avoir à vivre ce genre de traversée. La fin du monde et la fin de ton monde.

Tu avances, la main en visière à cause du soleil. Ses rayons frappent le bitume et créent des vapeurs de chaleur au-dessus. Il fond.

Enlisé dans la forêt de tes souvenirs, tu remontes ton village au coupe-coupe.

Ton ventre se tord encore, tu prends une autre grande inspiration.

D'où vient ce trac ? Tu as réservé pour une nuit via le site Internet et téléchargé les photos du château sur ton téléphone.

Rien n'a changé en apparence et tout est différent.

De quoi as-tu peur, Luigi ?

Ta maison de famille est devenue en un battement de paupières un hôtel de charme. Et tu vas dormir là ce soir. Tu crains de ne jamais t'y faire.

Il va falloir pourtant.

120 euros la nuit, petit-déjeuner compris.

Le mail est formel, Booking.com a bien fait son travail et pris ta réservation, tu n'étais pas d'humeur à téléphoner pour quémander une chambre chez toi.

De quelle couleur est la piaule où tu dormais enfant ?

Ont-ils aussi changé les volets et coupé la vigne vierge ?

Tu essaies de te rassurer, tu navigues en terrain connu. Tu te le répètes à voix basse, cet endroit t'a toujours protégé. Là-bas, tu seras à l'abri. Il ne pourra rien t'arriver.

La phrase tourne de nouveau en boucle dans ton esprit.

— Tu aurais pu racheter la maison.

Un beau landau, l'ombre d'une allée cavalière, l'aura de hauts tilleuls plantés par d'illustres ancêtres.

Tes premiers pas au château te reviennent.

Et ça te calme, Luigi. Cette vision.

Tu n'étais pas préparé à la déflagration. On ne t'a pas formé pour les fins. Tu ne sais pas partir, tu ne sais rien terminer.

Si tout a pris racine là-haut, tout doit mourir là-bas. Là où tu reviens dormir ce soir pour la dernière fois.

5

Jusqu'ici, tu avais plutôt réussi, tu étais parvenu à éviter les zones d'ombre, à esquiver les pièges de l'existence, mais la vie t'a pété à la gueule depuis la décision d'Édouard.

Est-ce lié à cette vente ou à autre chose ? Qu'en dis-tu ? De quoi la fin du château est-elle le nom ? Et si tu étais honnête avec toi ?

Ça arrive à tout le monde de perdre ses illusions et, à ton âge, c'est même un peu tard.

Oui, cette liquidation signe le début d'autre chose, le ciel se couvre au-dessus de ta tête, et, malgré ce soleil brûlant, malgré la sécheresse de cette campagne, tu as la sensation de te noyer.

Il est temps de te ressaisir.

Si quelqu'un te croisait, il verrait tes lèvres bouger, il te prendrait pour un fou en t'entendant murmurer des mots confus.

— Les vieilles familles sont des petits bassins d'eau souillée. La gloire des ancêtres s'est transformée en honte, en médiocrité, en lâcheté. Les familles figées dans le temps sentent la naphtaline et leurs grands principes comme leurs armoiries ne servent à rien pour payer les réparations des toitures. Les châteaux tombent en ruine, les descendants ne peuvent plus les tenir en état et les bradent sur Internet, faute d'argent et de talent suffisant pour les maintenir en vie.

Tu sors de ton carré d'ombre. Tu parles toujours tout seul et avises le clocher de l'église. Tu sifflotes ta chanson de Leonard Cohen, et de nouveau le calme s'empare de toi.

Tu t'assois sur le rebord d'une fenêtre aux volets fermés. Tu te revois ici, gamin, dans la grande rue, un 8 mai. Tu assistes comme chaque année au défilé des anciens combattants. Ils reviennent du passé. Ils te font face, le dos voûté, sur leur trente-et-un, costume impeccable, vieux, fiers et beaux. Ce défilé est organisé chaque année par ton grand-père. Bérets sur la tête, médailles sur la poitrine, au son d'une marche militaire, les anciens avancent, les yeux dans le vide, parfois délavés, le teint rougeaud. Écrasés par la chaleur, ils trouvent encore la force de bomber le torse. Ils tournent en escargot autour du monument aux morts, où sont inscrits les noms des gosses tombés pour la France lors des grandes guerres, et derrière eux, un autre cortège suit, celui des pompiers volontaires du village. C'est un escadron de bénévoles, sous les casques argentés, des têtes de gamins flottent dans des tenues trop grandes. Ils sont les petits-enfants de ceux qui ont donné leur vie pour la liberté. Ils sont le futur du village et de la vie autour, et on compte sur eux.

Des drapeaux français claquent, un air de kermesse prend le relais, et même une musique festive.

Un orchestre s'est monté pour l'occasion. Des gens du coin jouent du tambourin et de la trompette. On s'agite, on rit. Des enfants crient de joie sur les épaules de leurs parents.

Tu allumes une cigarette et tu te revois minot bien peigné au même endroit sur ton trente-et-un toi aussi. Ton bermuda, ton blazer, ta cravate, tout est là.

Il a de la gueule à l'époque, ce petit village, tout le monde connaît tout le monde et te reconnaît.

Tu es un des enfants du château et ça pèse dans l'assistance, on vient te saluer, te dire que tu as bien grandi depuis les dernières vacances, en te passant la main sur la joue. On te complimente et tu ne comprends rien.

Ta peau douce de petit enfant contraste avec la noirceur de tes yeux, ton regard n'est pas doux, mais hanté.

Le défilé de médailles qui clignotent au soleil envoie à l'horizon des messages codés, tu serres la main de ta grand-mère. C'est la clé. Elle trône au milieu de l'assistance, avec son sourire de lionne, son nez d'aigle et son œil malicieux, droite, fière et habitée. C'est elle qui commande au château. Et dans le village tout le monde l'admire et la considère.

Après un dernier passage le défilé se disperse, la foule se regroupe autour de la buvette, vers le champ qui descend du bourg vers la nationale. C'est là que ton grand-père organise aussi, ce jour-là, un ball-trap. Le jeu consiste à tirer sur des disques en ardoise catapultés plus ou moins haut par des bras articulés. À ce concours-là, il excelle et invite pour l'occasion tous les chasseurs du coin à venir s'illustrer.

Pan, pan.

Tu es le seul ce matin à entendre les détonations de ton enfance venir transpercer le silence pesant des années.

Et ça t'émeut.

Et toi tu es touchant.

Luigi, tu as la naïveté de croire que l'on peut tourner le dos au passé sans comprendre que le passé se rappelle toujours à nous, quand on n'a pas soldé tous les comptes avec lui. C'est un détail qui a son importance.

Cette promenade commence à t'amuser. Tu te sens mieux, beaucoup mieux.

Ta voix intérieure te rassure. Cette idée desserre ton cœur un peu.

Tu as toujours agi et vécu en homme libre.

Tu laisses échapper un rire nerveux, comme le sacré petit connard naïf que tu es.

« Je suis un homme libre. » Voilà ce que tu répètes. Crois-le, si ça te fait plaisir.

Ce n'est pas vrai.

120 euros petit-déjeuner compris.

Tu t'assombris.

6

Tu arrives au pied de l'église. Trop fatigué par Dieu, tu ne vas plus dans les lieux de culte depuis des années, mais tu sais faire exception pour la beauté. Ce matin, c'est plutôt par nostalgie que tu aimerais entrer, et pour te rafraîchir par la même occasion. Tu aspires à vérifier si au moins l'odeur, la taille, l'orgue et le chemin de croix, la lumière à travers les vitraux, la sacristie, les bancs, l'autel, si… Si pour une fois tout est encore là. S'il existe encore, sur cette terre, des endroits secrets, où le temps aurait épargné ta jeunesse.

La large porte en bois est fermée à clé. Les cloches ne sonnent plus. Depuis qu'on égorge les prêtres, toutes les églises de France ont des airs de camp retranché ; certaines sont placées sous surveillance policière, d'autres sont barricadées comme des pénitenciers, celle-ci ne fait pas exception à la règle. Forcément, tu penses à vérifier du côté du passage secret. Derrière l'église, la petite porte de la chapelle est verrouillée elle aussi.

Une image te saute dessus.

Tu tiens ta grand-mère par le bras. Elle apparaît rayonnante, souveraine, et prend place au premier rang. Elle t'installe à sa droite pour bien entendre le prêtre que tu n'écoutes jamais. Il t'ennuie, t'impressionne et te désigne toujours pour venir au pupitre lire un texte que tu ne comprends pas. Pendant ses sermons, tes pensées t'emmènent loin. Il fait toujours frais et tu as mal au cul sur ces bancs. L'heure tourne et les minutes passent au ralenti. Les gens du village prient pour le salut de leur âme et pour la tienne par la même occasion. Tu donnerais cher pour être ailleurs. Ta grand-mère a les yeux fermés, on dirait qu'elle est morte debout quand elle prie.

Est-ce qu'elle prie vraiment, ou est-ce qu'elle pense à sa vie ?

Elle sent que tu l'observes, elle te renvoie une grimace, tu éclates de rire, elle te tire par le bras et t'implore de te taire. Injonction contradictoire. Elle est ambiguë, et ton grand-père aussi. Tu es trop jeune pour comprendre le puzzle et n'entends rien à leur manège. Ils ne sont pas uniquement ce qu'ils prétendent être, des descendants d'ancêtres illustres. Camouflés derrière leur pedigree, ils se débattent dans des combats ordinaires, dansent au bord des abîmes, s'efforcent de ne pas tomber. Comtes, vicomtes, barons, ducs, duchesses, derrière leurs titres ronflants et leur éducation, ils sont nus. Comme tout le monde. Mais plutôt que de le reconnaître, ils jouent un rôle, et cette mascarade, ce grand cinéma, ça leur va. Leurs valeurs pour masque, leurs principes pour garanties, tes grands-parents avancent à pas feutrés dans leur monde. Il est composé d'obscurité, de nuits noires et de forêts sauvages. La préséance et l'exemplarité qu'ils te vendent ne sont qu'une simple façade. Ils ne t'en diront pas plus, te laisseront croire que la vie, c'est d'abord une question de bonnes manières, de bonne éducation.

Dans ce milieu triste et ampoulé, les enfants n'ont pas le droit de parler à table, et les adultes avec leurs mains. On connaît la disposition des couverts à poisson, on ne sert pas d'eau dans un verre à vin, on récite le bénédicité, on applique les règles du savoir-vivre à la lettre, on cultive les traditions et les codes sociaux, on joue au bridge, on a de la conversation, on ne parle pas de soi, on vouvoie ses parents, on a une famille nombreuse, on fête les noces d'or des anciens, on organise des cousinades, on écrit des discours en alexandrins aux mariages, on vit à travers le regard des autres, on joue son rôle, on tient son rang, on a le sens du devoir et on triche aux examens de conscience, on garde sa rage pour soi. Pantalon de flanelle gris, blazer bleu et robe à smocks, les enfants bien peignés sont en uniforme aux réunions de famille, les mères portent des serre-têtes en velours, des robes en dessous des genoux, des colliers de perles et des twin-sets de couleurs vives, les pères passent au salon après le déjeuner pour parler affaires et situations, allumer un cigare, boire un verre de cognac, jouer nerveusement avec leur chevalière ou leur alliance. Les femmes travaillent peu ou pas, et s'occupent de leur maison, d'un club de lecture, des pauvres dans une association, enseignent le catéchisme, et s'ennuient. Chez les grands-parents, il y a encore du personnel, pas chez eux, sauf parfois une bonne en tablier pour les réceptions qui vient pour le ménage aussi, un ou deux matins par semaine, pas plus, faute de moyens.

Rien ne vaut les barreaux bien polis d'une prison dorée. Le modèle est en titane, il n'y a pas de place pour une autre réalité. Tu es prié d'y croire dès ton plus jeune âge ; chez toi, les gens sont au-dessus du panier et la vie est heureuse, le reste n'est que prière pour la misère du monde, et affliction. Le reste est dangereux et mauvais. Naïvement, tu t'interroges : est-ce que ta grand-mère aime sa vie ? Et ton grand-père ? Et leurs enfants ? Et ta mère ? Et Édouard ?

Tes parents t'obligent à te rendre à la messe avec ta grande sœur, alors tu obéis. Tu as encore l'âge d'exaucer leurs prières et Suzanne, ton aînée, aussi. Tu pousses dans le moule des habitants du château et ne sens pas encore le vent mauvais qui souffle sur le toit, l'épaisseur des murs qui étouffe, le poids des secrets de chacun.

Toutes les portes de l'église sont fermées, tu n'as plus nulle part pour te réfugier.

Il est enterré à deux pas d'ici. Il fait trop chaud pour se rendre au cimetière, pas pour se souvenir de lui.

Ton père doit se retourner dans sa tombe.

Que te dirait-il s'il te trouvait là ?

Tu ne t'attends pas à tomber sur elle.

Elle recule de trois pas et se frotte les yeux. Son sourire te renvoie quinze ans en arrière. Tu perds un peu tes moyens sous l'impact. Par où commencer ? Par où recommencer ? Se perdre de vue, ce n'est pas toujours s'oublier, la preuve. Tu as l'impression de l'avoir quittée hier soir. Elle fonce vers toi, elle a déjà les bras posés sur tes épaules. Ses lèvres effleurent tes joues, son souffle est une machine à remonter le temps et son parfum s'incruste dans ton cou. Son tee-shirt fait ressortir ses yeux verts et son bronzage de fille des bois. Son short en jean ressemble à celui qu'elle portait la première fois que tu l'as embrassée sur un chemin de terre. Le soleil tombait sur la forêt en laissant derrière lui un nuage de poussière.

Décidément, le passé ne te laisse jamais en paix.

C'est elle qui pose les questions, elle te bombarde de points d'interrogation, et tu t'obliges à répondre sans t'étendre. Sur ta femme, sur Juliette et Nathan, sur ton travail, et tu renvoies la balle de l'autre côté du filet. Virginie te répond sans s'étendre, sur son mari et ses enfants, sur son travail. Elle est revenue ici pendant la pandémie, juste après son divorce, et a décidé de refaire sa vie près du village de votre enfance. Elle vient de trouver un nouveau travail et reste vague.

Elle parle vite ; tu entends qu'il faut réduire ses ambitions pour vivre mieux. Elle aime cette nouvelle vie au visage de seconde chance.

— L'humanité devrait profiter du virus pour se remettre en question.

Elle théorise, comme les gens qui craignent le silence. Tu ne réponds plus, elle accélère encore son débit. Tu te forces à l'écouter, mais tu ne retiens rien, tu notes seulement que tu as toujours envie d'elle, tu te demandes si elle aussi, si cette ambiance de fin du monde pourrait vous aider à aller dans un coin pour vous retrouver. Tu te dis que l'amour est la dernière des choses à sauver, et tu te souviens de votre rupture brutale à l'époque. Du soir où tu t'es volatilisé alors que vous aviez rendez-vous. Déjà à l'époque tu n'aimais pas les adieux. Qu'a-t-elle compris de toi ce jour-là ? Et toi, que retiens-tu des ruptures ?

Tu es celui qui part et qui revient toujours.

Elle interrompt ta rêverie.

— J'ai beaucoup pensé à toi, enfin, à vous tous, quand le château a été vendu. C'est pas mal ce que les nouveaux propriétaires en ont fait…

Sa maladresse est un coup de poing dans le ventre.

« C'est pas mal ce que les nouveaux propriétaires en ont fait. »

Tu ne laisses rien paraître et changes de sujet. Tu réponds à côté. Et tu ne dis rien du château. Il est temps de prendre congé de Virginie ; cette fois c'est elle qui s'en va en premier. Elle te demande si tu es là pour longtemps. Elle veut savoir où tu dors.

Tu lui souris encore car tu ne peux pas t'en empêcher quand elle est là.

Tu choisis de lui mentir.

— Je repars en début d'après-midi.

— Ah oui, c'est court.

— Un dernier truc à régler.

En la regardant s'éloigner, tu es pris d'un doute. As-tu bien fermé ta voiture à clé ? Ton cœur s'accélère, tu as de plus en plus chaud et un mauvais pressentiment. Tu commences à courir, vite stoppé par le cagnard. Tu remontes l'avenue d'un pas pressé, tu es heureux de l'avoir revue et inquiet, mais ça, ce n'est pas à cause d'elle, c'est à cause du revolver dans la boîte à gants.

Il est temps de retrouver tes esprits.

7

Estelle

— Ne crie pas, calme-toi, chérie, arrête de pleurer, là, calme-toi mon trésor. Maman est là, enfin presque. Je te dis qu'il va revenir. Oui, je sais, il est parti et plus de nouvelles. Tu as trouvé le lit vide quand tu es entrée dans la chambre pour ton câlin du matin, tu l'as appelé, et Papa ne t'a pas répondu et tu as eu peur. Non, il ne répond pas sur son téléphone. Sa messagerie ne prend plus de message. Je suis déjà sur la route. J'arrive dans vingt petites minutes. J'étais chez une amie, comme tous les week-ends quand je laisse la maison à ton père. Mais non, ce n'est pas dans trop longtemps… Juliette, arrête de crier, s'il te plaît ! Non, il n'a pas été enlevé par des extraterrestres, oui, il est bizarre en ce moment, et depuis un moment. Non, ce n'est pas à cause de notre séparation. Certainement, mon cœur… Il a dû partir faire une course… Oui, en pleine nuit, c'est particulier.

Écoute, Papa a dû avoir envie d'aller se promener, peut-être qu'il n'arrivait pas à dormir, et que… Ça arrive. Chérie, arrête de pleurer, calme-toi, sois une grande fille. Passe-moi ton frère. Il dort encore ? OK, surtout ne réveille pas Nathan ! Quand il se lève, tu es une grande sœur forte, l'aînée qui protège, tu l'aides à préparer son petit-déj, les Chocapic sont sur le haut du réfrigérateur, tu fais attention quand tu montes sur le tabouret… En attendant, tu te couches dans mon lit avec l'iPad et tu regardes tous les épisodes que tu veux. Je suis là, mon cœur. Maman arrive et Papa va bientôt revenir, et il nous expliquera. Enfin vous expliquera. Un câlin, un énorme câlin, fort, fort. Je t'aime.

Et merde ! Heureusement qu'on n'est pas partis à la campagne au dernier moment comme Fabrice le voulait et que j'ai pu rentrer dare-dare. Mais qu'est-ce qu'il a encore foutu, ce con ? Je déteste parler comme ça du père de mes enfants, mais c'est vraiment un énorme tocard sur ce coup-là. Je dis quoi à Juliette et Nathan ? Papa n'est pas dans sa chambre, il a filé sans rien dire au milieu de la nuit, il n'a pas pris la peine de vous écrire un mot, ni merde, ni merci, alors qu'il était censé vous garder ce week-end, parce que c'était son tour, et que comme je suis sympa, et qu'il n'a pas un radis, plus de boulot et pas de place dans son studio ridicule, je lui prête l'appartement pour passer du temps avec vous.

Ça va aller. Tout doux, ma fille. Calme-toi, Estelle, ne t'énerve pas. Roule tranquille. Encore une fois, tu vas gérer la situation. Depuis le départ, tu as toujours tout géré. Rien ne changera jamais.

J'espère juste qu'il ne lui est rien arrivé de grave, qu'il n'a pas fait une connerie. Comme si je n'avais pas assez de culpabilité sur les épaules. Mais quel enfoiré !

Et comment expliquer tout ça à Fabrice ? Il comprend toujours tout, mais là, j'ai l'air de quoi ? J'ai eu peur qu'il pète un plomb, qu'il me pose mille questions, qu'il se dise : « Non mais c'est quoi, cette famille ? Où est-ce que j'ai mis les pieds ? On n'est pas rendus d'ici leur divorce à ces deux-là. » Mais il n'a rien dit quand il m'a vue boucler mon sac à 7 heures du matin. Il a surtout cherché à me rassurer. C'est si bon d'être enfin comprise par un homme. Il en a vu d'autres, c'est un ancien militaire. Lui, au moins, il est solide, carré, fiable, les pieds sur terre.

Il m'a gentiment proposé de m'accompagner et ça m'a vraiment touchée. Bien sûr, j'ai refusé. Je me voyais mal débarquer à la maison avec lui en attendant que Ludo réapparaisse. J'ai prévu de lui présenter bientôt les enfants mais certainement pas comme ça. Non mais sérieusement, on va où, là ?

Décroche, Ludo, merde ! Qu'est-ce que tu nous as encore inventé ?

Où es-tu ? Bordel, Luigi, qu'est-ce que tu fous ?

8

Édouard

C'est un corps de ferme perdu au milieu des bois. On y accède par un chemin de terre cabossé, entouré de fougères, de grands pins et d'arbres centenaires. Une forêt dense, touffue, sablonneuse. Elle s'étend sur des kilomètres sans aucune habitation autour, sans aucun autre bruit que le règne animal, une forêt labyrinthe avec ses chemins pour promeneurs, randonneurs, VTT, joggeurs, ses allées cavalières, cernées parfois par des miradors de fortune construits pour les chasses en hiver. Ce sont des bois comme on en trouve un peu partout en France, peuplés de quelques chevreuils et de sangliers. Une certaine densité de verdure aux beaux jours vous noie sous une épaisse végétation et vous rend indétectable vu du ciel. Une forêt paisible, où l'on peut marcher à l'abri de la canicule pour y trouver l'ombre et le frais. L'hiver, tout y est vite sombre et froid, et la peur de la solitude ne pardonne pas.

Cette forêt, Édouard s'y promène depuis qu'il est enfant et en connaît chaque recoin. Ces bois sont collés à ceux du château, et c'est donc dans cette vieille ferme en forme de longère qu'il a décidé de s'installer après la vente, pour ouvrir le nouveau chapitre de sa vie. Il est là, seul avec ses cartons, épuisé par la charge mais soulagé. L'intérieur est un bric-à-brac où s'entasse son chargement, il n'a encore rien déballé de ce qu'il a emporté avec lui de la maison de famille et dont il n'a pas voulu se séparer malgré sa décision de tirer un trait pur et simple sur le passé. Car, en plus de céder les murs de la propriété, il en a liquidé tout le mobilier, vidé l'endroit et s'est débarrassé de presque tout lors d'enchères organisées par le commissaire-priseur du coin. Le mobilier, les objets d'art, les livres anciens de la grande bibliothèque, les tableaux des ancêtres, les statues, la vaisselle, les draps brodés, l'argenterie, les bibelots, les tapis, les lits, les fauteuils, les coiffeuses, les canapés, les buffets, les armoires, les lits, les lampes, tout, absolument tout, est passé sous les fourches caudines du marteau, adjugé ! Même les albums de famille et les médailles militaires de son père. La vie d'une famille s'est dispersée en lots au plus offrant, faisant au passage les affaires de marchands venus en nombre ce jour-là pour mieux négocier souvenirs et objets de valeur dans les brocantes de la région, les marchés, les puces ou les vide-greniers.

Édouard n'a rien raté du spectacle. Il s'est assis au fond de la salle, pâle, a assisté au grand désossement de la maison de ses parents, et s'est satisfait de l'argent récolté lors de sa grande liquidation. Pas de quoi pavoiser plus que ça, mais juste de quoi rembourser quelques dettes et voir venir, en attendant de toucher l'intégralité de la somme de la vente de la propriété. Le bâtiment, le parc, et le terrain de tennis.

C'est donc dans cette ferme, au milieu de ses cartons et de quelques rares souvenirs qu'Édouard s'active derrière la gazinière, une poêle dans une main, un steak dans l'autre, sans appétit aucun. Seule la bouteille de bordeaux posée sur le plan de travail lui donne encore envie de vivre et l'empêche de comprendre qu'il est totalement ruiné et que l'argent de cette vente ne réparera jamais rien.

9

Tu n'avais pas fermé ta voiture. Tu ouvres la portière côté conducteur et tu vérifies dans la boîte à gants. Il est bien là. C'est un .38 Smith & Wesson avec sa crosse en bois clair et tes initiales gravées dessus. Une arme de poing et de collection. Un cadeau d'Édouard pour tes dix-huit ans. Il a toujours été un excellent tireur, tous types de cibles, de calibres et de gibiers. C'est un très bon chasseur, et dans ce domaine il t'a tout appris, comment tenir une arme, viser, respirer, faire mouche, atteindre ta cible et recommencer. Des heures à t'exercer dans le jardin avec lui, à te former au tir de précision à ses côtés, mieux qu'un professeur, un père. Le tien ne touchait pas aux armes à feu, il préférait s'enfermer seul dans son bureau pendant des heures en passant ses disques de jazz. Édouard, qui n'avait pas d'enfant, te prenait pour le sien ;

ça tombait bien, il avait l'âge d'être ton géniteur. De ton côté, tu te prenais pour son fils. Quand on vous croisait, l'illusion était plus que parfaite, certains lisaient même entre vous un air de famille.

Le nez dans le viseur, la poudre.

Votre complicité s'entendait de loin et donnait vie au château où un silence de plomb dominait certains soirs d'été pendant les repas. Les enfants n'avaient pas voix au chapitre et les dîners étaient longs, traversés par de grands silences ou d'imposants monologues sur la généalogie. Tu voyais passer, entre les plats et sans rien y comprendre, des tas d'hommes en armes, Charles le Téméraire, des seigneurs, des secrétaires du roi, des grands aumôniers de France, François Ier, des mousquetaires, des conseillers de la reine Margot, toutes les cours d'Europe, le grand écuyer du roi de Grèce, encore lui. Tu aurais souvent tout donné pour voir Édouard débarquer à l'improviste. Ça lui arrivait parfois. Il jaillissait sans prévenir, passait saluer ses parents et les tiens, et quand il apparaissait, l'air devenait respirable à nouveau.

C'est lui aussi qui t'a offert ton premier fusil de chasse ; c'est lui qui l'hiver t'embarquait dans les bois, t'apprenait à lire les traces, à choisir un animal, à le pister, à renoncer aux autres et à la facilité, à tenir bon, à le perdre, à le retrouver, à patienter des heures, et finalement à le tenir en joue sans faire feu, car tu n'aimais pas ça, tu ne supportais pas d'ôter la vie. Ça le faisait rire, Édouard. Pour le convaincre et pour lui plaire, il t'arrivait de céder, d'ouvrir le feu, mais tu manquais toujours ta cible exprès, c'était plus fort que toi.

Tu roules au ralenti et, dans le rétroviseur, tu cherches une trace de Virginie. Elle s'est évaporée le temps que tu regagnes ta voiture et tu l'entends encore t'affirmer que c'est vraiment pas mal ce que les nouveaux propriétaires ont fait du château. Tu n'en reviens pas d'un tel manque de tact.

Luigi, qu'est-ce que tu crois ? Qu'on va s'apitoyer toute ta vie sur ton sort parce qu'un oncle a décidé de vendre ta maison de famille qui était d'abord chez lui avant d'être ton radeau, ton refuge, ton point de repère ? Il ne te doit rien, n'a de compte à rendre à personne, ni à ses parents, morts et enterrés depuis des années, ni à ses sœurs à qui il n'adresse plus la parole.

Tu roules au ralenti dans le village de ta jeunesse, et ce cagnard mortifère encourage les habitants à rester chez eux. Personne ne t'a vu à part elle, à part cette Virginie du passé. Personne n'a remarqué ta présence et si tu te sens observé, c'est pour une autre raison. Tu n'es pas clair avec ta conscience, et tu ignores ce que tu veux vraiment. Connais-tu plus grand handicap dans l'existence ? Tu sors ton portable de ta poche et renonces à déverrouiller le mode avion.

Tu repenses à eux. Tu te doutes que tu as fait peur aux enfants en partant sans rien dire au milieu de la nuit. Tu réalises que Nathan et Juliette ont dû avoir une trouille bleue en découvrant ton lit vide, qu'ils ont dû essayer de te joindre vingt fois sans jamais y arriver, qu'ils ont dû appeler Estelle en panique, alors que ce n'est pas son week-end, mais le tien. Tu aurais pu leur éviter ça et être un père un peu plus raisonnable, pour une fois. Ta femme va venir les chercher. Elle doit déjà être en route. On pense ce que l'on veut d'Estelle, mais c'est une mère en béton armé. Une mère bouclier, une mère qui ne disparaît pas au milieu de la nuit. Tu te demandes ce qui t'est passé par la tête. Tu n'es même pas allé les embrasser avant de partir. Tu as simplement déserté et oublié qu'ils étaient là.

Tu n'es plus le même, Luigi.

Regarde-toi.

Entre le départ de ta femme et la vente du château, tu as trouvé deux bonnes raisons de te perdre.

Tu fais les comptes. Édouard, le château, ton mariage, ta mère, l'injustice, une arme de poing dans la boîte à gants.

Tu quittes le village en roulant au pas, la maison est à trois kilomètres à peine. La climatisation refroidit un peu ton chagrin et tu reviens à toi.

Et si tu tombais sur lui ? Si après Virginie, tu tombais sur Édouard ? Que tu le ramassais, là, dans un fossé ? Que lui dirais-tu ? Hein ? Réponds ! Avec ton imagination débordante conjuguée à la fatigue, tu finis par apercevoir un type sur la route. De dos, il pourrait correspondre ; de loin, déformé par la chaleur, après une nuit presque blanche, ça pourrait être lui. Édouard avance sur la route, en s'appuyant sur un bâton, tiré à quatre épingles malgré l'échec. Le châtelain rentre chez lui. Il débarque pour contester la vente, l'annuler, reprendre sa maison, rendre l'argent au nouveau propriétaire qui ne le sera pas resté bien longtemps et qui va céder. On ne résiste pas au frère de ta mère ; même quand il change d'avis, il a toujours raison et rien n'est jamais de sa faute.

Tu te persuades qu'il est là et ce n'est pas lui. C'est un homme qui marche sur le bord de la route. Tu te racontes des histoires, Luigi, tu crées tes propres mirages. C'est cette chaleur aussi qui te monte à la tête et tu attrapes une bouteille d'eau sur la banquette arrière et tu te la vides dans le cou pour essayer de reprendre tes esprits. Édouard ne rebroussera pas chemin, Édouard ne reviendra pas sur sa décision, Estelle non plus d'ailleurs.

Ça te saute à la gueule. Ton premier souvenir avec lui date de tes cinq ans. Un jour de Pâques gorgé de soleil. Tu joues dans la chambre de ta grand-mère, tu as reçu un déguisement de motard de la gendarmerie, et tu poursuis des bandits imaginaires en sautant sur son lit. Le soleil est doré et s'écrase sur les vitres des hautes fenêtres, une lame de lumière découpe la pièce en deux. Le ronflement d'un moteur, une portière, des éclats de rire, la voix d'une femme, ton nez qui s'écrase sur le carreau, la silhouette d'Édouard tout en bas. Ses bras sont chargés de paquets, ils t'apportent un lapin au chocolat, un lapin géant comme celui d'*Alice au pays des merveilles*. Ta mère dit à son frère qu'il est fou, et que c'est beaucoup trop pour toi. Édouard ne boude pas son plaisir et présente sa nouvelle fiancée. Tu as avalé son prénom depuis le temps, tu sais seulement qu'elle était brune, qu'elle avait de très longues jambes et des cheveux qui tombaient jusqu'aux fesses. La couleur de sa jupe te revient, elle était bleu pâle et très courte. Elle portait un bandana rouge au milieu du front et parlait avec un fort accent américain. Elle n'est venue qu'une fois au château, comme les autres femmes d'Édouard, et tu ne l'as jamais revue, elle non plus. Tu sais seulement qu'elle était avec lui quand il t'a offert le lapin d'*Alice au pays des merveilles*, ce jour de Pâques, l'année de tes cinq ans. Et s'en souvenir tient du miracle à ton âge. Dans ton déguisement de gendarme, tu as tenté de l'arrêter, de lui passer des menottes et il a joué au voleur avec toi, tu l'as vu tomber sur la pelouse raide mort, il a joué le fugitif jusqu'au bout, pour rentrer dans ton jeu. L'Américaine avait ri en vous regardant vous courir après et vous tirer dessus pour de faux, elle avait ri de bonheur d'être là et tu avais aimé l'entendre s'amuser grâce à vous deux.

Au départ de ta vie, tout le monde rigolait, et même ta mère ne pleurait pas. Quand tu n'étais qu'un enfant déguisé en gendarme, l'illusion était parfaite, le monde autour de toi avait l'air d'être heureux.

10

L'allée qui monte au château, c'est ton grand-père dans une petite voiture verte. Fiat pot de yaourt. Grand chêne aux cheveux rares, au nez long, aux très grandes oreilles, coincé dans son habitacle, un mètre quatre-vingt-quinze au bas mot. Lorsqu'il en sort, il se déploie, et tu lèves la tête pour apercevoir le gris foncé de ses yeux. Il toise et marche en silence.

Il a des faux airs du général de Gaulle et ça le rend fou quand quelqu'un ose lui en faire la remarque. Appuyé sur sa canne, il ne parle gentiment qu'aux enfants et aux chiens. Tu comprends assez vite que les adultes ont peur de lui, qu'il les impressionne et dit tout haut ce qu'il pense. Sans filtre. Ses phrases claquent comme une chambrière. Une porte se ferme à grand bruit, un visiteur s'en va avec perte et fracas. Les mains dans le dos, le général se fige sur le perron. Ta mère l'aime d'un amour inconditionnel. Elle a vécu trois ans avec lui sans ta grand-mère. Ce trou dans l'agenda de leur vie commune est un sujet dont personne ne parle. Jamais. Ton père te vendra la mèche un soir de juin au détour d'une conversation, et tu commenceras à comprendre que tous les grands principes d'une éducation sont souvent juste bons pour s'asseoir dessus une fois adulte. Que l'amour de tes parents comme celui de tes grands-parents, que la famille idéale que l'on te vend depuis le jour de ta naissance, avec ses valeurs chevaleresques, que cette image carte postale, autour de l'arbre de Noël ou sur le gazon d'une propriété, c'est du vent avant l'ouragan. Que la vie, c'est chacun pour soi, et ce duel inégal entre ton feu intérieur et ce qu'on cherche à enfoncer dans ton crâne. Qu'il convient parfois de tout oublier pour rester vivant. Que ceux qui croient aux beaux discours ont perdu d'avance, que les parents transmettent la vie à leur enfant et leur pulsion de mort aussi.

Ton grand-père coupe le moteur dans l'allée qui descend au village. Il rit et pose tes mains sur le volant de sa Fiat. Il te donne des leçons de conduite.

Du haut de tes dix ans, tu bénis cet instant de complicité avec lui. L'ancien militaire baisse son masque. Avec toi, un autre homme apparaît. Tu commences à comprendre, l'adulte peut être multiple. La duplicité est une armure parfois et une arme souvent. Qui est cet homme qui, en ta présence, renoue avec la douceur ? Qui est ce grand-père farceur avec ses gilets trop grands sous son blazer bleu marine et ses nœuds papillons qui font rager ta grand-mère ? Qui est cette montagne capable de se transformer en coups de fouet ? Tu ne sais rien de lui, tu sens.

Toute ton enfance, tu as été un témoin silencieux des affrontements à fleurets mouchetés entre tes grands-parents. Tu n'as rien compris, on ne t'a rien expliqué, tu as été épargné. Mis sous scellés au château, dans une bulle, bercé par une illusion d'harmonie dans un décor factice, à l'écart des combats de chiens, du ring sauvage des adultes. Toute ton enfance, tu as regardé la télévision à ses pieds. Quand il a fini par acheter un magnétoscope, il t'a fait découvrir sa collection de westerns. Rappelle-toi : il aime les films de cow-boys. Et toi, tu rêves de tirer à la Winchester avec lui.

Il prend appui sur toi pour se lever de son fauteuil, et marche en traînant la jambe, une main posée sur ton épaule. Sur le bureau de la bibliothèque, il y a cette photo, ton grand-père est à cheval devant la propriété, Édouard à ses côtés. Un père et son fils ; c'est le seul cliché qu'il t'a été donné de voir d'eux ensemble.

Il s'enfermait des heures dans son bureau pour échapper à la vie conjugale. Il détestait les mondanités et recevoir, à l'exception parfois d'anciens militaires. À table il présidait. Il était toujours farceur avec toi et portait une robe de chambre écossaise au petit-déjeuner, il croquait dans des pommes pourries et buvait de la Ricoré presque froide, il t'emmenait au chenil pour caresser les chiens, les sortir le matin et les nourrir le soir.

Tu le suivais à la trace quand il s'éloignait du château. Parfois, vous marchiez jusqu'aux bois. Il ne racontait pas ses guerres, ne parlait jamais de ta grand-mère, de sa vie et ne te posait aucune question.

Même s'il te faisait rire, tu ne savais jamais sur quel pied danser avec lui, alors tu te taisais.

Tu te souviens comme si c'était hier de sa disparition.

Ta grand-mère a téléphoné à ta mère au petit matin. Sa voix était pâle et froide dans le combiné. Elle ne disait jamais « Papa » en parlant de lui à sa fille, mais son prénom.

Ton grand-père pour ta grand-mère n'était jamais un père.

Tu avais quatorze ans, ta mère s'est enfermée dans sa chambre, et ton père t'a annoncé la nouvelle. C'est la première fois qu'un mort faisait irruption dans ta vie.

Deux ans plus tôt.

Un déjeuner d'été dans la salle à manger. Un bruit sourd vient briser le silence. Un merle noir vient de s'écraser sur l'une des hautes fenêtres. Dans ta campagne, il se dit que les oiseaux sont des intermédiaires entre les hommes et Dieu.

Ta grand-mère l'affirme en riant, c'est le signe que quelqu'un doit mourir, et fusille ton grand-père du regard.

Il se lève de table pour ramasser l'oiseau mort et personne n'ose rien ajouter.

Ces souvenirs t'escortent sur la route de ta maison de famille.

Tu aurais aimé connaître ce grand-père davantage. Aurais-tu su briser la glace avec lui et le faire parler ? T'aurait-il avoué son secret ?

Tu as montré une photo de lui à Nathan et à Juliette. Celle avec Édouard à cheval. Et sans t'en rendre compte, tu as romancé ton récit, comme tes parents l'ont fait avec toi.

Menteur.

On ne change pas une équipe qui gagne, encore moins les fondements d'une éducation.

Le storytelling des clans est une série de mensonges par omission. On édulcore. On revisite. On peint un décor en trompe-l'œil. On te fait croire qu'au château, c'est la vie en mieux. On déforme la réalité, on la redessine à son avantage. L'enfance est un tour de magie.

11

Estelle

Ce quartier est vraiment impossible. Je me suis garée n'importe comment. J'enverrai la prune à Ludo. J'ai pris sur moi pour me calmer. Il n'était pas question d'arriver en panique devant les enfants. J'ai décidé de leur mentir, leur raconter que j'avais eu leur père, que tout allait bien, qu'il avait dû aller voir leur grand-mère précipitamment, qu'on s'était arrangés, que je prenais le relais. Qu'ils le reverraient lors de son prochain week-end et que, bien entendu, il allait leur téléphoner. J'ai manqué de me prendre un bus en traversant. J'ai foncé jusqu'à la maison. J'ai croisé ma tête dans le miroir de l'entrée et je me suis tout de suite ressaisie. J'ai repris mes esprits et j'ai respiré un grand coup devant la porte avant d'ouvrir. J'ai collé une oreille pour les entendre. Tout avait l'air calme de l'autre côté, aucun cri, juste le son trop fort de la télévision. J'ai cru un instant que Ludo avait fini par réapparaître, que leur père était rentré et que je m'étais affolée pour rien. Qu'il allait me demander ce que je foutais là et me rappeler les termes de notre accord : lorsque c'était son week-end, j'avais interdiction de me pointer à la maison ; que j'allais lui répondre sans aucun tact que la maison n'était plus la nôtre, mais bien chez moi, que c'était la réalité à présent et qu'il n'avait qu'à s'y faire. Bref.

J'ai sorti mes clés de mon sac et ouvert doucement. Nathan et Juliette étaient assis sur le canapé, une manette de jeu vidéo à la main. Après l'avoir calmé au téléphone, la grande a respecté ma consigne, raconté à son frère que son père avait dû s'absenter et que Maman arrivait, donc zéro stress. Elle lui a bien préparé son bol de Chocapic, allumé la télé et branché la console, et Nathan n'a pas jugé utile d'en rajouter.

Les enfants étaient absorbés par leur partie de Mario Kart, plus rien n'était grave et n'avait d'importance. J'ai dû me baisser pour les embrasser sur le canapé. Mon téléphone a bipé. Fabrice essayait de me joindre pour savoir si j'allais bien, si j'avais retrouvé mon « petit monde », et la mièvrerie de cette expression m'a agacée. Mon monde n'est pas petit, mais vaste, incandescent, drôle, curieux et charmant. Certes, mon monde a basculé, il est en transformation, en transition, et ne se réduit plus à cette vieille idée du couple, d'un père, d'une mère et de leurs deux enfants. Mon monde s'est blessé, fissuré, et à la fin, il s'est effondré comme un morceau de glace se détache de la banquise à cause de la folie des hommes. Mon monde est ce corps rendu à la terre. Je viens de le perdre parce que je n'ai rien pu faire pour le garder, parce qu'au contraire j'ai pris soin de l'abandonner mais aussi sûrement parce que je n'en pouvais plus, qu'il me sortait par le nez, m'asphyxiait, parce que je lui en voulais autant que je l'aimais encore. Mon monde s'est retourné contre moi, il m'a rendue malheureuse. Mon « petit monde » est tombé dans la crevasse de la lassitude et vient d'être recouvert par la coulée de boue du temps qui passe.

Mon amant « bienveillant » en fait trop. Dans un autre message, Fabrice insiste. Est-ce que mon mari a donné signe de vie et des explications ?

J'ai de nouveau embrassé les enfants en maquillant mon stress, ma colère, mon énervement et je me suis enfermée dans la salle de bains pour terminer de reprendre mes esprits. En me passant de l'eau sur le visage, j'ai posé la question devant le miroir : « Qu'est-ce qui a bien pu arriver à Ludo ? Putain, Luigi ! » J'ai répété devant la glace, en priant pour qu'il me réponde. J'ai composé son numéro à nouveau et à nouveau sa voix sur sa messagerie. J'ai respiré avant de retrouver les enfants.

La maison est dans un état ! Deux jours, une nuit, et voilà le résultat. Quel souk, c'est n'importe quoi. Non, mais le mec est extraordinaire. Je fais tout ce que je peux pour que ça se passe bien, je reste calme, je lui propose de revenir ici, et quand je pars, tout est impeccable, rangé, j'ai même pris le temps de lui remplir le frigo. Il n'a plus qu'à s'occuper de ses gosses. Et non ! Le type se barre en pleine nuit, en plus laisse un foutoir sans nom derrière lui et me voilà. Non mais quelle conne !

J'ai fini par les remarquer. Ils étaient empilés les uns sur les autres au pied de la bibliothèque. Les trois albums photos de notre mariage étaient grands ouverts. Quelqu'un les avait feuilletés.

J'ai demandé aux enfants si c'était eux, ils m'ont dit que c'était leur père qui les avait sortis. Qu'il les regardait chaque fois depuis notre séparation et la nouvelle organisation de nos vies, qu'il les appelait, leur ordonnait de s'asseoir et de les feuilleter. Le but était certainement de les prendre à témoin, qu'ils n'oublient jamais que j'avais été heureuse avec lui, que nous avions été certains, ensemble, un jour, de nous aimer pour toujours, et que c'était ça qui comptait le plus à la fin. D'avoir eu des parents qui avaient cru à leur chance. Je les ai ramassés et une photo d'Édouard est tombée, il souriait à pleines dents sur la pelouse devant le château accroché aux hanches d'une de ses conquêtes, sûrement encore une Américaine, smoking et nœud papillon, beau comme un astre. Quand j'ai voulu la remettre, j'ai vu qu'il manquait d'autres photos, qu'elles avaient été décollées, et je me suis demandé pourquoi et où mon mari les avait cachées, si ça faisait partie du processus et pouvait deux secondes l'aider à admettre que tout était terminé entre nous.

Deuxième partie

12

La petite route qui descend à la sortie du village, les champs du voisin, la hauteur du maïs qui coupe l'horizon, la vieille ferme et les chiens qui aboient, deux molosses noirs aux pattes orange feu qui courent après les voitures, le silence d'une campagne et rien d'autre, sauf le vent. Des oiseaux devisent sur un fil électrique, le soleil boxe de plus en plus fort, les autres petites maisons que tu croises ont toutes l'air abandonnées, et puis le grand portail blanc. Une allée monte à la propriété. Tu roules au pas et tu te souviens. Cette fois, ce n'est pas ton grand-père coincé dans sa petite voiture verte, c'est l'ambulance qui te ramène de l'hôpital.

Tu es allongé à l'arrière, tu sors d'une méningite foudroyante. Tu as vingt et un ans, tu es tombé malade à ton retour de vacances en Espagne.

Tu es allongé dans l'ambulance, chaque mouvement te fracasse le crâne, cette migraine te casse la tête, tu as l'impression qu'elle va exploser. L'allée est encadrée par un bataillon de peupliers. Tu regardes par la vitre arrière. Les arbres montent si haut, on dirait qu'ils n'ont pas fini de grandir. Toi, si.

Tu reviens à toi.

Tu n'as pas vu le panneau « Parking ». Tu n'as pas pris la peine d'aller garer la voiture derrière. Tu n'as pas d'ordre à recevoir : tu ne comprends toujours pas que tu n'es plus chez toi. Tu te gares devant, pile au niveau du nombril de la maison. Tu ne sors pas de ta voiture. Tu restes dans le frais de la climatisation. Tu verras bien si quelqu'un sort et te dit quelque chose. Tu te fous de la marche à suivre. Tu ne remarques pas le panneau où il est écrit « Réception ». Tu n'es pas à l'hôtel, tu rentres à la maison, dans le berceau familial, là où tout t'a toujours semblé si parfait, là où tu n'as voulu voir ni la violence ni la cruauté, là où tu as cru à la douceur du monde.

Sur le pas de la porte, apparaît la silhouette d'une femme. Elle tient une ombrelle pour se protéger du soleil. Elle t'envoie un signe de la main en guise de bienvenue. Tu coupes le moteur et ramasses tes affaires. Cette fois, tu ne laisses rien traîner dans la boîte à gants, tu chausses tes lunettes de soleil, tu ouvres ta portière.

Les nouveaux propriétaires ont taillé la vigne vierge qui grimpait jusqu'au toit. La glycine tient encore le coup malgré la chaleur et embaume ce parfum qui t'apaise. Les lilas blancs et les roses trémières n'ont pas résisté, les haies bien taillées ont jauni, les hortensias sont fanés, même la pierre transpire. Tu as déjà chaud. Tu la devines en tournant la tête vers le commun, près du potager, une piscine. Elle est entourée de grands parasols marron clair, des cris d'enfants s'en échappent, des rires de petites filles, des hurlements de petits garçons. Ton enfance rôde, et ses fantômes sont partout. Voilà qu'ils se rassemblent pour t'accueillir.

S'en iront-ils pour toujours après ça ?

La dernière fois que tu es venu ici, c'était il y a deux ans et demi. Tu ne savais pas que ça serait ton dernier séjour, ni que tu ne reverrais plus Édouard à l'ombre, sous les acacias, offrir le café et un digestif à ses hôtes dans sa tenue de propriétaire. Tu n'avais pas imaginé qu'une conversation abîmerait à ce point votre relation et que cet endroit changerait de main en moins de temps qu'il n'en faut pour le dire. Vas-tu enfin admettre que tout a une fin ? Que tout meurt et que rien n'est plus jamais pareil après ? Alors que tu es déjà vieux, tu es encore tellement naïf, Luigi, encore tellement un enfant.

Regarde-toi.

Il est temps de mettre les choses au point.

Ce n'est pas parce que cette maison s'appelle « le château » que c'en est un. Le château, c'est juste un surnom, c'est comme ça qu'on appelle cet endroit dans ta famille. Est-ce par dépit ou par ironie ? Un peu des deux. Cette baraque n'est jamais qu'un énorme rectangle posé sur une colline, une demeure imposante, oui, mais un château, sûrement pas. Cette maison te paraissait immense quand tu étais enfant, tu étais à mille lieues de comprendre que cette appellation n'était que la traduction de l'ironie des adultes, la marque de leur désillusion, de l'amertume d'un temps révolu, celui de l'autre château, le vrai, entre les murs duquel avait grandi ta grand-mère, était née ta mère, et dont la famille avait dû se débarrasser après la guerre, faute de moyens. On appelle ça un grand déclassement. Temps mort. Ton château qui n'en est pas un n'est depuis le départ qu'un lot de consolation d'une vieille famille française en voie de décomposition. Le château, le vrai, avec son armée de jardiniers, son personnel de bord, sa horde de domestiques, ses dîners en habit et robe longue, ses grandes réceptions, ses baptêmes et ses mariages dans la chapelle du grand parc, sa toiture infinie, ses communs et ses écuries, ta famille l'a déjà pleuré avant de se rassembler ici et de perdre cet ersatz à son tour, soixante-dix-sept ans plus tard. Ce qu'il convient d'appeler désormais un hôtel de charme, 120 euros la nuit petit-déjeuner compris, n'est que la suite de la dégringolade.

Le château, un surnom donné pour répondre avec panache à la poursuite d'un fiasco que l'on n'ose pas nommer. Ce paquebot posé à la lisière du village n'est qu'un mirage, un palais de pacotille où les habitants à l'ombre de leurs grands principes ont pris le temps de se déchirer en silence.

Bienvenue chez toi, camarade.

13

Le ciel est une mer d'huile, le soleil un mâle dominant qui écrase tout. Il est à peine 10 heures du matin. Personne ne se pointe à cette heure-ci dans un établissement. Les chambres ne sont jamais prêtes à 10 heures du matin, les clients ne sont même pas encore tous descendus au petit-déjeuner. Toi, tu t'en moques, tu débarques avec ta réservation depuis ta nuit apocalyptique, hirsute, pas rasé, comme un mort-vivant qui, derrière lui, a tout abandonné sur un coup de tête, claqué la porte, pris sa voiture et démarré en trombe dans le gras de la nuit, foncé tout droit et débarqué en terre d'enfance le cœur lourd, l'haleine chargée et l'œil mauvais. Non, mais Luigi, tu aurais pu te donner la peine de jeter un œil dans le miroir de ton pare-soleil, histoire de te recoiffer, de t'ajuster au moins, au lieu de sortir de cette voiture dans cet état, tout débraillé, avec ton sac sur l'épaule, tes lunettes de soleil et cet air buté.

Qu'est-ce que tu crois ? Qu'on va te dérouler le tapis rouge parce que tu as passé toutes tes vacances, gamin, entre les quatre murs de cet endroit, que tu as joué sur le gravier blond avec tes camions et tes petites voitures, que tu as appris à pédaler autour du grand carré d'herbe cramée, que tu as tapé tes premières balles sur le terrain de tennis, joué à cache-cache dans les communs avec ta sœur, aidé ta grand-mère dans le potager, tiré à la carabine à air comprimé dans le cul des poules du couvent des bonnes sœurs d'à côté, joué à la pétanque avec ton grand-père devant, ramassé des cerises juste derrière, arrosé les plantes du jardin dans la lumière rasante de l'été et vu tomber la neige depuis la bibliothèque en pensant nostalgique à des filles que tu n'aurais jamais ?

Qu'est-ce que tu crois, Luigi ? Que l'on peut être et avoir été ? Que d'avoir été un fils et un petit-fils de famille te donne le droit à toute une série d'avantages toute ta vie, à commencer par un droit de cuissage sur les terres d'avant ? Que tu peux passer la porte de cette entrée qui t'a vu grandir et devenir un homme à n'importe quelle heure du jour et de la nuit et jeter tes affaires dans le vestibule sans te poser de question ?

Mais pour qui te prends-tu ?

Tu crois peut-être que rien n'a changé et que rien ne changera jamais, que ta grand-mère va sortir pour t'accueillir, qu'Édouard va déboucher une bouteille de champagne, faire péter le bouchon, sonner de la trompe de chasse pour annoncer ton arrivée et te présenter à une énième conquête, en bombant le torse un cigare au bord des lèvres ? Mais c'est fini, tout ça.

Tu penses à Coco, la vieille domestique restée fidèle à tes grands-parents jusqu'à sa mort. Tu sens son odeur, cherches ses bras qui te consolaient enfant dans la lingerie, lorsque tu pleurais de fatigue et que tes chagrins trop lourds de petit garçon te rendaient insupportable pour la compagnie des grands dans la bibliothèque. Tu penses à Robert, le jardinier, à son air las au milieu des feuilles d'automne, à son mutisme, à ses grands yeux fatigués. Lui aussi est mort depuis longtemps, tu ne sais même plus quand, mort comme tous ces souvenirs qui craquent sous tes pas semblables à des vertèbres du passé qu'une main divine chercherait à déplacer pour tenter en vain de le ressusciter.

Tu marches vers la femme qui t'attend, toujours droite sous son ombrelle et 35 degrés au moins, mais tu ne la regardes pas, tu es ailleurs. Le nez vers tes pieds, à ton émotion d'être là, d'être finalement revenu. Alors cette femme peut attendre.

Tu es plus de deux ans et demi en arrière. Tu es sous les arbres, tu sirotes un verre de rosé avec Édouard, et entre vous tout est tendu. Entre vous, le ciel est à la foudre. Tu as entendu qu'il était pris à la gorge, que, malgré ses grands airs, c'est la dèche. Les affaires vont mal. Il n'a plus les moyens de garder la maison où il est revenu vivre après la mort de ta grand-mère. Il a les poches trouées et ses cernes traduisent son échec. Le vent a tourné. Fin de la splendeur présumée, place aux saisies bancaires, à la radiation à la Banque de France, à la banqueroute, et à la pauvreté qui n'ose pas s'avouer. Édouard est sur le fil, un pied dans le vide, dos au mur. Il a vendu en douce les plus beaux meubles pour tenir le coup et les a remplacés par de pâles copies, ni vu, ni connu. Il a bradé quelques parcelles de terre et des hectares de forêt pour tenter de sortir la tête de l'eau. Peine perdue. Ton Gatsby appartient au passé. Il va couler à pic, c'est écrit. Et toi, tu sais. Et tu y vas franco, tu tentes une approche, enfin une offre. Tu lui proposes de racheter, et tant pis si tu n'en as pas les moyens, si ton banquier te prend pour un fou et que l'opération n'aboutira jamais. C'est la vie, on passe son temps à vouloir sauver son enfance à prix d'or, or s'endetter à cause d'elle ne mène nulle part. Ta proposition est une main tendue, une tentative désespérée d'aller contre l'inéluctable, de prolonger l'insouciance. Tu lui proposes de rester vivre ici, de l'entretenir pour que rien ne change et ne s'arrête, pour continuer à te leurrer. C'est aussi charmant qu'impossible.

Et alors, celui que tu as toujours aimé, toujours admiré, celui qui t'a traité mieux qu'un fils, celui qui t'a débaptisé pour te prénommer Luigi, s'est figé dans un silence assourdissant, et les veines de ses bras, et les veines de son cou, et le sang dans ses tempes, et la colère froide, et son regard de fou, cet air bestial, la langue râpeuse sortie, le blanc aux coins des lèvres, la table renversée. Il t'a vu reprendre le flambeau, parader sur la colline. Il t'a vu t'emparer du pouvoir, s'est entendu tomber pour de bon, vautré dans sa misère. Et cette vision l'a rendu cinglé. Wagons de mots, train fou, tu as découvert un autre homme, que tu ne connaissais pas.

Un serpent. Édouard s'est levé de sa chaise de jardin, a saisi un couteau et l'a brandi vers toi en te traitant de sale merde, de fiente, de petite pute, aussi ivre que fou.

Cette scène te parachute à la naissance du début des emmerdes, au commencement de la perte de tes illusions et des révélations, quand tu as appris pour la vente. Et tu avances vers l'entrée en t'enfonçant dans les gravillons. Tes jambes sont lourdes à cause de ta nuit d'hier, ta tête bourdonne, ta main s'engourdit. Tu transpires après ces quelques mètres, tu rêves d'une bonne douche dans la chambre capucine, mais la chambre capucine a sûrement été repeinte par les nouveaux propriétaires et doit s'appeler autrement ou porter un numéro. Tu manques de tomber.

Tu lèves la tête sans la voir à cause de l'ombrelle qui masque son visage. Tu t'approches de la femme, tu marches vers ton hôte et tu crois d'abord à une hallucination. Non, c'est bien elle et tu ne rêves plus. La fille, c'est Virginie, qui t'accueille avec ce sourire gêné et son short en jean, le même que celui qu'elle portait tout à l'heure quand tu l'as croisée au village et des années plus tôt, lorsque tu l'as embrassée pour la première fois. Elle reste de marbre et fuit ton regard comme si de rien n'était.

C'est elle qui t'accueille et s'apprête à t'emmener vers le petit bureau qui sert de réception dans le vestibule, à t'enregistrer pour le check-in, à t'expliquer les règles de la maison, que ta chambre n'est pas encore prête mais que tu peux déambuler à ta guise ou attendre sur un transat au bord de la piscine qu'elle revienne te chercher. Elle brise la glace et se lance. Tu as très chaud, et tu vas tout comprendre et tout va s'éclairer. Virginie ne travaille pas seulement à la réception, Virginie est un peu plus qu'une employée modèle qui tente une nouvelle vie depuis la fin du confinement. En couple avec le nouveau propriétaire, elle est ici chez elle.

14

Estelle

J'ai rangé la baraque, lancé une machine et tout nettoyé. Je n'en reviens pas. J'ai dit aux enfants d'éteindre leur console, de s'habiller, qu'on allait sortir avec ce beau temps, mais cette chaleur m'en a dissuadée ; à la piscine à la rigueur, mais je n'ai pas la force. Je suis vidée, je crois. Je n'ai pas répondu aux derniers messages de Fabrice. Luigi ne répond toujours pas. Son téléphone renvoie sur sa messagerie. Je m'inquiète. Nathan tourne en rond dans l'appartement, Juliette est enfermée dans sa chambre. J'en suis à mon troisième café et je fume sur le balcon en faisant mine que tout va pour le mieux. Ne pas inquiéter les enfants. Ou alors c'est à cause des papiers du divorce. Il a vu l'enveloppe avec le nom du cabinet d'avocats et il a compris que les choses évoluaient. Il a compris que ça n'allait pas durer toute la vie, cette organisation bancale pour le bien-être des enfants, et que j'avais besoin d'avancer, besoin que les choses soient claires et nettes, et que, de son côté, il était temps qu'il se remue, fasse un pas supplémentaire vers la séparation que marquerait un divorce en bonne et due forme.

Parce que quoi ? Parce que c'est la vie, merde à la fin, aussi ! Et c'est encore moi qui suis à la manœuvre et qui me tape tout le sale boulot : la décision, l'organisation, la verbalisation, la transformation ! Il pense peut-être que c'est facile, pour moi ? Que c'est facile de dire stop à une situation qui ne peut plus continuer comme ça ? J'aurais pu ne rien dire, ne rien faire et continuer à m'enliser aux bras d'un mari fantôme. Putain, Luigi ! On est deux dans une histoire et c'est moi qui pars, moi qui tranche, moi qui pose le mot « fin ». Mais moi aussi, ça me fait souffrir ! Il croit quoi ? Que je n'éprouve aucune culpabilité peut-être ? Je suis ravagée de culpabilité à l'idée d'imposer cette séparation aux enfants, et en même temps j'ose espérer que je leur montre le bon exemple. Que, lorsqu'une situation ne vous convient plus, le plus sain est d'en changer, de reprendre sa liberté, point final.

Et quoi, les papiers du divorce ? Il est temps de grandir aussi. Un divorce, ce n'est pas la fin du monde.

Ce n'est pas parce que nous ne sommes plus un couple que nous n'existons plus pour nos enfants en tant que parents, et qu'on ne peut pas rester en bons termes. Aujourd'hui, les divorces passent comme une lettre à la poste et tant pis si plus personne ne s'écrit. Est-ce que je pète un plomb pour autant, est-ce que je disparais, est-ce que je lâche la rampe ? Non, j'assure, même si mes choix me blessent et me font mal, j'assume mes responsabilités de mère, de salariée, je continue à me lever le matin, à aller bosser, à me concentrer, j'évite de ressasser pendant des heures, je suis une adulte qui décide de sa vie.

Ludo, merde ! C'est simple ! Pourquoi tout est toujours compliqué avec toi ? Reviens, affronte, arrête de fuir parce qu'une situation ne te convient pas. Et admets-le, ça ne marchait plus depuis des années entre nous. À quoi ça rime de s'enfuir en pleine nuit, de faire peur aux enfants, d'embarquer la moitié de nos photos de mariage ? Qu'est-ce que je raconte aux petits ? Je vais devoir continuer à leur mentir. C'est tellement égoïste de ta part. Luigi, tu n'es plus le même depuis des mois maintenant. Où est passé l'homme que j'ai tant aimé, où est passé le père de mes enfants, ce type génial, beau, drôle et intelligent qui m'a tant fait rire et rêver ? Je n'ai pas l'impression d'être séparée, j'ai l'impression d'être veuve. En dehors de nous deux, en dehors du couple, rien ne va plus chez toi depuis des semaines, que dis-je, des mois. Tu dévisses. Lentement mais sûrement. Et tout a commencé quand ? Avec cette histoire de maison de famille. Avec cette histoire de vente. Avec le château et la décision d'Édouard.

Quel bel enfoiré aussi, celui-là. On peut dire que ce type aura rendu tout le monde fou dans cette famille.

— Maman ?

— Oui, Nathan.

— Il est passé où, Papa ?

15

C'est un long silence. Deux regards gênés. Mais je te rassure, Luigi, le plus gêné des deux, c'est toi. Regarde Virginie comme elle se tient, droite et fière à quelques centimètres de toi. Regarde comme elle envoie : elle est belle, pulpeuse, sensuelle, propriétaire. Souviens-toi, mon vieux. Souviens-toi de ce que tu lui as fait. Repense à la méthode. Tu es parti sans un mot, tu as disparu et tu n'as plus jamais donné signe de vie. Qui part sans un mot ? Eh oui, c'est sûrement le karma. Mais non, c'est juste le vent qui tourne. La fille que t'as larguée sans une explication il y a quinze ans, ce morceau d'enfance, ou plutôt de vieille adolescence, te revient en boomerang.

Tu as vu ? Ça passe vite, l'existence. Bon, c'est ce fameux Bruno qui a raflé la mise, ta petite fiancée de l'époque et la bicoque de ton enfance.

Il n'a pas fait dans la dentelle. Ce n'est pas le genre, le gars, c'est le style homme pressé, le Bruno. C'est qu'il envoie du lourd, il est parti de rien, lui, ce n'est pas un héritier, il a bossé dur pour en arriver là ; dans la tech, bien sûr, il a monté une start-up évidemment, levé des fonds, exploité des stagiaires, mis en place une application pour revendre des fringues à ceux qui en ont déjà trop, et encaissé un max de fric. On appelle ça surfer sur l'air du temps, pas s'enterrer dans le passé autour d'un lustre révolu et danser autour d'un feu mal éteint face aux restes d'un château de sable. On appelle ça vivre avec son temps.

Et toi, ta carrière de rêveur internationale ? Elle t'a rapporté combien ? Des nèfles. Rappelle-moi ton métier, déjà ? Écrivain ? Écrivain de quoi ? De romans d'amour. Monsieur écrit des romans d'amour et s'étonne d'être en perdition sur les routes de l'Ouest et de péter un câble. Enfin, des romans… Un roman. Pas deux, pas trois, un. Alors on a eu son petit succès, et on s'est cru débarqué au port de la célébrité ? On a eu sa photo dans le journal, les encouragements du milieu, mais personne ne s'est battu pour acheter ton bouquin. Sans blague ? C'est que tout le monde s'en tape de l'amour aujourd'hui, mon bonhomme.

Tu as cette phrase qui tourne en boucle.

L'amour, c'est comme la vie de château, ça ne dure pas. Il y a toujours quelqu'un pour vous couper la tête et vous arracher le cœur. Remarque, tu as de la ressource, Luigi. Parce que tu t'es remis au travail, et ça fait quoi ? Trois ans que tu bosses sur le deuxième ? C'est beau, la vie d'artiste, et en plus tu donnes de ton temps, tu écris pour les autres. On dit écrivain public, c'est bien ça ? Tu vas dans un centre, enfin une salle de la mairie, et tu ponds des courriers pour ceux qui n'ont pas les mots. Pas des lettres à la plume Sergent-Major, des mails ! Tu écris des mails pour ceux qui ne savent pas rédiger un courriel et qui ont besoin de trouver le ton juste, la bonne phrase, de rassembler leur pensée. Tu écris des courriers du cœur, ça oui, et c'est toujours la même eau qui coule. Tu n'es pas mauvais en mails enflammés des débuts, et moins à l'aise en mails de rupture même si ça passe et que ta clientèle n'est pas trop regardante. Mais ce n'est pas ça qui te rapporte le plus. Ce qui te rapporte le plus, c'est la rédaction de courriels administratifs. À 7 euros de l'heure. C'est sûr qu'avec ça t'aurais pu racheter la maison…

Et ce n'est pas tout. Comme il n'y a pas de sot métier et qu'on t'a branché sur un bon plan, tu écris aussi pour les puissants. Les mecs comme Bruno, qui ont de l'argent, plus de deux cents salariés et des choses à raconter à leurs équipes pour leur faire croire que la vie en entreprise a du sens. Alors tu rédiges des discours. On dit « plume ». Tu es la plume des puissants et le Cyrano des moins que rien. Tu grattes des panégyriques pour des patrons cyniques et tu rédiges avec des mots flatteurs des rapports annuels. Tu fais la pute des mots pour les démunis du langage, et dans ce monde moderne, ça met du beurre dans tes épinards. Et surtout ça t'occupe.

Virginie aussi est très occupée. Ce n'est pas parce que Bruno a racheté que Bruno se tape de gérer les vestiges de ta vie d'avant. Il supervise, elle exécute. Dit comme ça, c'est brutal et affreux, n'est-ce pas ? Eh oui, la parité s'arrête à la porte de celui qui allonge l'oseille. Et la vie, ce n'est pas du kiwi, mon ami. Bref, Virginie est la responsable de ta maison de famille. Elle a suivi le chantier, s'est mêlée de la décoration et de construire la piscine, gère les réservations et travaille à faire connaître l'endroit sur les réseaux sociaux. Elle est heureuse de sa nouvelle vie, enfin c'est ce qu'elle te raconte en moulinant des bras, et tu le constates dans ses yeux verts qui brillent encore en te regardant, des années après. Pas rancunière, Virginie ?

— Je suis désolée. J'ai été maladroite, je n'ai pas su comment te l'annoncer. Je ne pouvais me douter que tu reviendrais par ici, surtout pas que je te trouverais ce matin sur la route, à errer. Je te demande pardon, Ludo, euh, Luigi. Mais qu'est-ce qui t'a pris de réserver ici ce soir sous un faux nom ? Tout seul ? Tu es dans un drôle d'état. Ta chambre n'est pas prête mais je peux t'ouvrir la mienne pour te rafraîchir et te reposer, en attendant. Tu veux ?

16

Estelle

Il n'y a pas que notre séparation. Évidemment, ça n'a pas aidé. C'est depuis l'annonce de la vente du château que Luigi a commencé à vriller. On se demande bien pourquoi. Enfin, je m'interroge encore, et je ne comprendrai jamais pourquoi une telle annonce a eu un impact aussi profond chez lui. Trop sensible ? Peut-être. Mais tout le monde est hypersensible, c'est infernal. Et moi, je suis quoi, dans ce marasme ? Un peu de dignité. Il aurait quand même pu comprendre à son âge que c'était inévitable. Qui peut entretenir un truc pareil ? C'est à devenir fou. Qu'est-ce que je suis contente de ne plus avoir à mettre les pieds là-bas. Je n'ai jamais aimé cette maison, enfin cette ruine. Un château, tu parles ! Quel nom prétentieux pour ce machin délabré posé là, en haut d'une colline. Et tout le baratin autour que ma belle-famille adorait se raconter. Leurs racines, leur terre, les prétendues fondations du XVe siècle, les murs d'enceinte aujourd'hui naturellement disparus, entourés d'arbres rares et vieux. Et pourquoi pas un pont-levis, des créneaux pour tirer à l'arbalète, des tours et des oubliettes ? À part cette cave horrible, il n'y avait rien dans cet endroit lugubre qui faisait penser de près ou de loin à un vrai château, sauf peut-être la croix sur une partie du toit plus surélevée et les communs en face encadrés par les chenils.

Je ne sais pas pourquoi tout le monde employait le mot « château ». Un petit manoir, à la rigueur, ça serait passé, et ça aurait été plus réaliste, moins prétentieux. Et encore, même pas. Une grosse baraque, tout simplement. À force de croire qu'on peut être et avoir été, on déforme la plus stricte réalité. Voilà le résultat. Alors bien sûr l'enfance. Luigi ramène souvent tout à son enfance et à cette nostalgie. L'annonce de la vente lui a déformé le cerveau, il s'est raconté mille trucs à ce sujet et a même parlé de racheter la baraque et de laisser Édouard à l'intérieur. Celui-là, je vous jure…

Quel beau parleur, l'archétype du parfait manipulateur déguisé en Gatsby, fils à papa, pseudo-Steve McQueen chez les aristos, mythomane de première. La passion de mon mari pour cet homme, leur complicité, c'était fascinant. Il n'a longtemps juré que par lui. Je ne sais pas ce que Luigi n'a pas fait avec ce type qui ne m'a jamais inspiré confiance. Enfant, il le trimbalait partout comme un petit chiot agité ; adolescent, il passait des heures avec lui à crapahuter dans les bois ; jeune homme, il le sortait dans des dîners donnés dans la région après des parties de chasse et à Paris aussi, dans les restaurants et les discothèques à la mode.

Édouard, vieux beau, séducteur patenté, capable de piloter des voitures de course et tous types de motos, de skipper un bateau en Sardaigne, de sauter en parachute, d'escalader en montagne, de skier tous les hivers, de cuisiner, de partir au soleil à l'autre bout du monde, de monter à cheval, de chasser. De conduire un tracteur, de réparer une étagère, de réciter des poèmes ou des phrases en latin, de gagner au casino, de sortir tous les soirs et de rentrer à l'aube. De disparaître pendant des semaines, sans donner le moindre signe de vie, et de raconter des voyages à l'autre bout du monde pour des affaires secrètes, mystifiant encore et encore, construisant des tours de balivernes, mentant avec un sourire désarmant, enchaînant les histoires drôles, ne se départant jamais d'un humour ravageur qui faisait fondre tout le monde, surtout les femmes, toutes les femmes, qu'il amenait là pour leur faire le coup du seigneur du château, dans cette bicoque sans âge où l'on cachait les fuites sous le tapis, les infiltrations sous des tableaux à cadres dorés, et où on posait nos culs sur des banquettes Louis XVI en prenant des airs de gens bien.

Édouard, l'oncle, le grand frère, le père de substitution, face à celui de Luigi plus taiseux, travailleur et honnête, qu'il écrasait de sa superbe en lui balançant sur la table des magnums de champagne hors de prix, sapé comme un milord chez les meilleurs tailleurs anglais d'Oxford Street. De quoi a-t-il vécu pendant toutes ces années ? Personne n'a jamais pu répondre à cette question jusqu'à la mort de sa mère, la grand-mère de Ludo. Là, les gens ont commencé à comprendre que le fils, l'enfant prodigue, le petit lord, celui qui prétendait être dans les affaires, avait pillé les restes d'une fortune évaporée depuis des années et s'était servi dans la caisse. Le peu qu'il restait a servi à assurer son train de vie, et ce alors que, sous perfusion, la maison fuyait de partout, que l'argent manquait pour tout, l'entretien du toit, les volets et la chaudière de fioul. Qu'est-ce que je me suis gelée les dernières années à Noël, pendant que tout ce petit monde paradait en habit de lumière autour du sapin, de la crèche de famille, et qu'Édouard servait de soleil à l'assemblée, de soleil et de boussole à penser et à rire, alors que tout autour disait l'effondrement et appelait à pleurer.

J'ai vu que c'était devenu une sorte d'hôtel de charme, une boutique hôtel, repris en main par un homme d'affaires qui a fait fortune dans la tech. Il a fière allure, son paradis perdu, 120 euros la chambre, petit-déjeuner compris. Oui, c'est exactement ça, Luigi a commencé à vriller le soir où sa mère lui a annoncé pour la vente, la fin de son monde, et qu'il n'a rien pu faire pour le réanimer. Ensuite, j'ai vu mon mari dépérir et basculer, et ça n'a pas aidé à récupérer mon couple, parce qu'avant l'histoire du château, bien avant sa fin, c'était le début du fiasco. Sans en rajouter, nous assistions à un autre délabrement, celui de notre histoire. Je n'étais plus amoureuse du père de mes enfants depuis deux bonnes années quand j'ai commencé à vouloir prendre cette décision. Je n'ai rien dit à l'époque et je me suis accrochée à cette vie pour les enfants. Être présent sans être là, c'est le pire, je crois.

17

Après la chaleur étouffante, il fait presque bon dans la maison, un filet d'air glisse sur tes épaules et te donne la chair de poule. Virginie t'a installé dans l'ancienne chambre de ta grand-mère. Elle en a fait une des deux chambres de son appartement et elle la réserve à ses invités. Il ne reste aucune trace de cette grand-mère. Rien. Tout a été vendu, même sa chaise longue préférée, style Louis XV à dossier plat et oreilles en hêtre relaqué gris de fleurs et de feuillages, sur laquelle elle aimait tant s'allonger et lire, et où tu t'endormais, petit, à l'heure de la sieste. Même sa pendule en marbre blanc ornée d'un Hercule enfant en bronze doré et sa table de chevet ovale en acajou ont disparu. Les tomettes au sol aussi ont été arrachées et remplacées par un béton ciré. Il ne reste aucun indice de sa présence ici un jour ; seule la vue par la fenêtre de la chambre te rappelle les fois où tu montais la voir et qu'elle travaillait à côté de son bureau cylindre en acajou, installée dans sa bergère à retapisser de vieux fauteuils ou à relier des livres anciens.

Ta grand-mère avait besoin de s'occuper les mains et d'être toujours affairée. Elle a tout donné pour cette maison quand elle l'a récupérée après la guerre. Elle y a sué sang et eau pour lui rendre forme humaine et des années après, à travers la fenêtre, tu la revois à cheval sur son engin en train de tondre la pelouse, en bas, pour faire de ce triangle de verdure une forme géométrique impeccable. Tu la revois, derrière ce qui est devenu la piscine, se casser le dos dans son potager, fière de la couleur de ses tomates, du goût sucré de ses framboises. Tu la revois à la fin de sa vie tenir tête à la solitude, seule pendant plus de quinze ans après la disparition de ton grand-père, assise dans son éternelle chauffeuse garnie de velours vert à bandes de tapisserie et franges de la bibliothèque, allumant la télévision pour sentir un peu de compagnie, ou descendant à petits pas dans le court escalier de bois jusqu'à la cuisine pour te préparer un petit-déjeuner quand tu débarquais pour un week-end improvisé ou un plus long séjour.

Un lien invisible t'unissait à son mystère. Sans que tu t'en rendes compte, elle te confiait son secret par petites touches, parlait par allusions. Ses silences, parfois, étaient lourds comme du plomb, ses yeux perçants se voilaient et en disaient long, à condition de chercher et de trouver les mots pour le révéler. Elle t'intriguait, tu sentais que quelque chose te reliait à elle, qu'au fil des ans, elle s'appuyait sur toi, que ta présence la rassérénait, que tu avais un rôle à jouer avec elle, qu'elle t'avait choisi. Mais pour quoi exactement ? Au fil de tes nombreux passages, elle avait de plus en plus de mal à te voir partir ; au moment de la quitter sur le pas de la porte, tu sentais son cœur se crisper et le tien se serrer. C'était tout et c'était beaucoup. Tu ne te souviens plus de vos conversations et ce n'est pas le plus important. Elle t'avait choisi, et c'était là l'essentiel. Tu as été l'oreille de ses sourdes confessions, assis dehors, aux beaux jours, à croquer le soleil sur l'un des bancs du jardin en bois blanc. Tu l'ignores encore, mais elle t'a contaminé avec son secret, avec sa fêlure, avec l'inavouable. Est-ce que tu le sais ? Des années plus tôt, ton père t'avait mis sur la piste, mais tu n'avais pas voulu l'entendre. Tu aurais pu. Tu as préféré nier. L'indicible se transmet de génération en génération, et parfois, il en saute une. Ce fut toi le buvard de sa vie, le dépositaire inconscient de sa grande histoire. Tout va devenir clair, ne t'inquiète pas, quand tu découvriras de quoi le chagrin du château est le nom.

Ta grand-mère aimait te sentir. Elle aimait ta présence, tissait dans vos conversations anodines une ligne de vie pour ne pas couler, et tout simplement se tuer avec ce dont le poids fut, avec le temps, si lourd à porter. En attendant de tout comprendre, et sans te douter de quoi que ce soit, tu fermes un peu les yeux et tu essaies de te laisser aller. Tu respires fort pour te décontracter et ne lâches pas ton sac. Par peur de quoi ? Qui va venir fouiller dans ton baise-en-ville ? Qui va mettre la main sur ce flingue que tu transportes comme un trésor ?

Tu le sors et commences à jouer avec. Tu éprouves le besoin de le regarder, de le tourner dans tous les sens, de jouer avec le chien. Et puis tu le ranges. Que comptes-tu en faire ? Tirer dans le plafond, descendre dans le vestibule, attendre au pied de l'escalier et abattre les clients un par un, ou prendre tout le monde en otage pour qu'on te rende enfin ta foutue baraque et tous les souvenirs qui traînent encore à l'intérieur, malgré le déménagement, la vente aux enchères des tableaux et le nouveau mobilier ? Il ne reste plus rien de ta grand-mère ici, alors de ta vie d'avant… La modernité a effacé l'histoire du clan, la modernité a remplacé le mobilier ancien. La domotique, la fibre qui traverse les murs, le Wi-Fi pour tout le monde, des films en VOD, une télé dans chaque chambre et des machines à café à capsules. La modernité est un bon dissolvant. Il y a aussi et tu l'as remarqué des panneaux verts lumineux qui indiquent les issues de secours, et des alarmes anti-incendie. Il y a un téléphone sur chaque table de nuit pour appeler la réception et demander conseil. Peut-être peux-tu composer le 9 et demander à Virginie son avis sur quoi foutre avec ton arme ? Tu préfères prendre une douche. Et tu as raison. Tu as même pensé à embarquer quelques affaires, un tee-shirt propre au moins pour redevenir présentable.

L'eau froide te remet les idées en place, des images de ta nuit d'avant te reviennent et te trouent à nouveau l'estomac. Elles s'emmêlent avec le sourire de ta grand-mère, ses yeux embués, son rictus figé.

Et ta nuit, et encore ta nuit qui bouscule ton ventre.

Tu n'es pas arrivé directement au village, tu as fait un détour juste avant, tu as eu besoin d'aller voir. En t'enfonçant sur le chemin qui mène à la nouvelle maison d'Édouard, tu as coupé tes phares et tu as roulé au pas, seulement éclairé par les derniers rayons de cette lune qui avait déjà cédé la place au petit jour. Tout était encore noir autour dans la forêt. Un point lumineux alertait sur une présence humaine au fond des bois. Tu t'es arrêté et tu as continué le chemin à pied. Tu as avancé jusqu'au puits en pierre en face de la ferme et tu as observé, accroupi, tel un guetteur. Ton oncle ne dormait pas. Tu l'aurais parié. Et tu as attendu, caché là.

18

Estelle

C'est Nathan qui a tiré la photo de la poche arrière de mon jean. Je me demande bien ce qui m'a pris de la ranger là, quand elle a glissé de l'album. La fatigue, le stress, l'énervement, l'inquiétude. Je ne sais plus ce que je fais ; par exemple, je ramasse mon téléphone et il disparaît aussitôt, je m'épuise à chercher de longues minutes, et bam ! Il est dans ma main. J'ai dû faire pareil avec la photo d'Édouard : être sûre de la remettre à sa place et la glisser dans ma poche. Le poids de la séparation n'arrange rien. J'espère que Luigi ne me la fait pas payer et n'a pas disparu pour se venger ou espérer que je m'apitoie sur son sort et que je revienne sur ma décision. Je ne suis plus heureuse avec lui. Je ne suis plus amoureuse de lui. Je ne l'aime plus. Je dois tenir le coup et aller jusqu'au bout, même si c'est difficile après tout ce temps passé ensemble de ne plus se voir, de ne plus pouvoir se parler normalement, de ne plus du tout sentir la présence de l'autre, de se déshabituer, de se désintoxiquer. C'est fou, l'amour est aussi une question d'habitudes, et toutes les habitudes ne sont pas bonnes à prendre. Je le constate chaque jour. Une séparation après quinze ans de vie commune sonne comme une mort. Un divorce est un avis de décès. Je vis avec l'impression d'une mort où l'autre vit encore. C'est dingue, on ne sait plus rien de l'autre dans la seconde où l'on décide de le quitter. Et tout se tait du jour au lendemain. Il n'y a plus un bruit familier, juste le son d'un long chagrin qui sort.

Est-ce que tout le monde vit ça ?

Parfois, avec un peu de chance, on accède encore à un morceau, mais il n'est qu'une ombre. Même si on continue à communiquer pour les enfants, l'organisation du quotidien, la vie pratique, même si on reste amis, on ne l'est jamais tout à fait, quelque chose meurt. Quand on prend la décision de sortir du sillon de la vie de l'autre, qu'on prend la responsabilité de s'en aller, et de devenir cet étranger, on ne fait jamais plus que glisser à sa surface. Est-ce que j'aurai les épaules pour l'accepter ?

Cette image m'angoisse depuis quelque temps : l'amour et, au bout de l'amour, un interrupteur. ON/OFF. Cette image me hante.

Je vis avec la main posée sur l'interrupteur, j'ai choisi d'éteindre et je suis sûre de ma décision. Il me faut avancer et voir dans la nuit, attendre de m'habituer vraiment à cette situation. Comment font les autres ?

Ce n'est vraiment pas le moment d'en rajouter ni de m'inquiéter pour Ludo. Mais où est-il ? Je me sens prise en otage, entre ma culpabilité et mon choix. Et lui qui disparaît en laissant derrière lui nos enfants. Mais pourquoi ? Pourquoi maintenant ?

Luigi, bordel, reviens, merde !

Je ne veux pas que Juliette et Nathan me voient dans cet état de nervosité, je ne veux pas que les enfants assistent à notre chaos, mais c'est impossible de leur éviter d'en être les témoins, de leur épargner ce fracas. Même si leur cœur saigne depuis notre annonce, même si je comprends leur désespoir, je dois tenir. C'est animal, je sens qu'ils savent que rien n'est vrai dans l'histoire que je leur ai vendue.

« Papa a dû partir s'occuper de sa mère, je prends le relais. Il vous appellera pour tout vous expliquer. »

Je me suis enfermée dans ma chambre et j'attends, allongée sur mon lit, que mon téléphone sonne.

Je la regarde encore une fois. Je suis infoutue de dater cette photo d'Édouard. J'ai toujours eu l'impression que le temps n'avait pas de prise sur lui. Éternel jeune homme au regard fiévreux, cheveux noirs, œil rieur, sourire enjôleur. Je me suis toujours méfiée de lui, de ses tours de magie, de son charme, de sa capacité à être à l'aise partout, d'emmener avec lui n'importe qui et de l'embobiner jusqu'au bout de la nuit. J'ai toujours gardé mes distances, certainement à cause de mon éducation, de mon milieu d'origine, bien plus modeste et simple, tellement moins tonitruant, arrogant, au-dessous, sur le papier, de la caste de mon mari et de ses codes si complexes. Combien de fois ai-je entendu la grand-mère d'Édouard, ou ma belle-mère, affirmer avec aplomb qu'on ne disait pas ceci ou cela. Que ça ne se faisait pas, « chez nous », que c'était comme ça et pas autrement. Et en même temps, dans cette maison si grande, si froide, si inquiétante, Édouard déboulait, se moquait de tout, de tous, et donnait l'impression de jouer avec les codes, de les déformer et de voler au-dessus des principes de cette aristocratie finissante, de cette jungle agonisante. J'en ai mis du temps à m'adapter à eux, à rentrer dans leur moule, et je n'ai jamais rien osé dire. Pas un mot plus haut que l'autre. Je me suis tue et j'ai observé Édouard jouer au plus malin.

Il a trouvé que Ludovic, ça sonnait mou, et que Ludo, c'était pire que tout. Ludo, c'était bien pour les gardes-chasses, les coiffeurs ou les garçons de café. Le gosse méritait mieux. C'était quelques mois après sa naissance. Édouard était passé chez mes beaux-parents avec un bouquet de fleurs plus gros que la porte d'entrée de la chambre où sa sœur se reposait et reprenait ses esprits avec son bébé sur le ventre. Il a éclaté de rire en regardant le nouveau-né et a poussé un soupir en entendant son prénom. Il n'a pas réfléchi très longtemps, et tout en se dressant face au lit, il a dit que, pour lui, son neveu se prénommerait Luigi. Point barre !

Il a répété Luigi en sautillant comme un cabri et en bombant le torse, fier de sa trouvaille. Et voilà comment, tout juste débarqué, Ludovic, alias Ludo, est devenu Luigi pour presque tout le monde, sauf pour sa mère et l'administration.

Pour plus de panache et de verticalité, disait-il, pour plus de grandeur d'âme, plus d'élan, plus de feu. Édouard était fier de son coup ; il avait encore une fois réussi à changer le réel en y ajoutant sa touche d'extravagance et de folie, il avait encore imposé sa loi. Même mon beau-père a trouvé l'idée séduisante. Et moi, j'ai découvert ce changement d'identité juste après notre rencontre, au hasard d'un week-end en amoureux, sur le comptoir d'un aéroport, quand j'ai ouvert son passeport pour la première fois. C'est là qu'il m'a raconté cette histoire. Nous en avions ri à l'époque en décollant pour Rome, ou Florence, je ne me souviens plus. Si, c'était Florence, notre premier voyage, Florence et la campagne toscane. Le temps de l'insouciance et des rêves formulés dans le creux de l'oreille sur l'oreiller d'un hôtel de charme, sûrement un ancien château vendu par ses propriétaires. Décidément.

L'admiration est une forme d'emprise.

19

Tu as pensé à dormir un peu. Tu as imaginé récupérer là, sur ce lit qui n'est plus le grand lit double à baldaquin aux chevets capitonnés de ta grand-mère, aux draps brodés, mais un lit d'hôtel vaste et confortable, un œil distrait vers la fenêtre donnant sur le jardin, couché sur le flanc tel un cheval blessé.

Tu as tenté de ne plus songer à rien, tu as essayé d'être en paix, le temps de reprendre des forces et surtout tes esprits après cette nuit, ce trajet, et tu t'es levé. Une serviette autour du ventre, tu as marché, allumé une cigarette, ouvert la fenêtre et écouté les bruits jaillir de la propriété, loin du silence qui t'a bercé ici, élevé, éduqué, à des années-lumière de ta vie quotidienne. Tu as grandi dans un paradoxe, écartelé entre le château et la banlieue parisienne, les tours et les cités-dortoirs. Entre les quartiers, comme on dit aujourd'hui, et la légende du château et de ses habitants. Tu es né entre deux mondes. Celui de l'opulence qui s'amenuise pareil à une peau de chagrin et des grands principes, et celui du pas grand-chose et du presque rien. Quand tu n'étais pas au château, tu étais dans cette banlieue grise, posé entre ces tours de béton. Elles étaient habitées par des gens venus d'ailleurs, le plus souvent des immigrés arrivés en France pour travailler dans les usines et se taper le sale boulot. Tu te rappelles chaque détail de ta chambre dans cet appartement sans charme, pratique et fonctionnel. Tes parents n'avaient pas un rond, ils avaient le cœur gros. Enfant de banlieue grise, petit-fils de châtelain finissant à la campagne, dualité. C'était pratique, le château, pour tout le monde.

À toutes les vacances, on te jetait là-bas, été comme hiver, petit animal au refuge. Tu ne l'as pas remarqué tout de suite. Tu l'as réalisé bien après. Cette enfance schizophrénique t'a rendu différent. Tu n'as rien connu d'autre pendant des années que ce rythme binaire, les tours, le château, les tours, le château. Aux parties de foot avec les enfants du quartier sur le parking de la résidence succédait la messe endimanchée au bras de ta grand-mère dans la petite chapelle de la famille, le ball-trap derrière ton grand-père. Tu n'as pas vu la mer, tu n'as pas vu la montagne, juste le béton, les bois et Édouard pour te faire rêver.

Édouard n'était pas comme les autres. Il était l'inverse de tes parents sérieux et responsables, de tes grands-parents mutiques et militaires. Il était le souffle et la liberté, ta clé contre l'enfermement.

Ton père travaillait dur pour remplir ton assiette et n'avait pas les moyens d'emmener sa famille vivre ailleurs. Il en souffrait sûrement au fond, ta mère ne disait rien. Ton père partait tôt et rentrait tard, toujours taiseux, besogneux, à courir après l'argent, à jongler avec les fins de mois impossibles. Ta mère comptait le moindre centime qui dansait dans son porte-monnaie et planquait des pièces de dix francs dans sa boîte à couture pour économiser. Tu n'as jamais manqué de rien avec eux, sauf peut-être de rêves et de perspectives, d'aventures aussi. Mais Édouard était là pour ça ; avec lui, tout était possible et la grande évasion à portée de main. Ton père, ta mère, ton oncle. Enroulé dans ta serviette neuve fournie avec un peignoir dans ta chambre, tu les revois tous ensemble, rire, fumer, et boire les jours de fêtes dans votre appartement. Suzanne aussi est là, au milieu ; ta grande sœur brille comme un soleil, tu portes un maillot de foot de l'AS Monaco et un short trop grand dans ce souvenir et ça t'arrache une émotion d'y replonger.

Tu fixes tes parents avec rage. Tu leur en veux de ne pas être lui, de ne pas être Édouard, de ne pas boire et fumer à sa manière, de paraître effacés, de se taire quand il parle et captive. Tu leur en veux de ne pas être aussi légers, d'être bien plus sérieux et appliqués, et moins riches. Tu leur en veux d'être leur fils et pas celui de cet énergumène, l'enfant de ce panache-là. Tu ne sais pas bien sûr que tout est faux, qu'il est juste un leurre, un escroc flamboyant au verbe haut, qu'il court à sa perte dans le tourbillon de la séduction, et qu'il entraîne avec lui dans sa chute ce qui est en train de te construire. Tu ignores encore à l'époque que tu fais fausse route à son sujet, tu te brûles sous sa lumière qui t'aveugle et renies tes parents en silence. Tu es ingrat avec ceux qui se donnent du mal pour toi et dont on voit les coutures des efforts, tu rêves un jour d'être à cet oncle, de vivre à l'ombre du flambeur bien installé à l'arrière de sa voiture de sport et tu perds pied dans ta solitude de petit con.

Le dimanche, tu joues dans un club avec les gamins du coin. On t'a placé à l'arrière, sans trop savoir pourquoi. Les terrains de foot sont là-bas tes seuls espaces verts. Quel est ton monde ? Tu t'es toujours posé la question. Tu n'as jamais rien retenu de tes origines. Des racines illustres de ta famille qui ont commencé à pousser il y a un temps infini avant de finir étouffées par le lierre, de manquer de tout. Tu as longtemps eu l'impression d'avoir été trouvé là, au milieu de nulle part, ramassé sur le bord de la route, et d'avoir embarqué avec d'autres dans la mauvaise voiture.

Tu fumes une autre cigarette en tournant dans ta chambre. Tu entends Virginie discuter dans le jardin avec des clients, tout est étrange. Tu n'es plus chez toi. Tu penses à descendre pour aller lui parler, tu penses à l'appeler pour qu'elle monte. Tu penses à faire l'amour avec elle pour tout oublier et tu t'habilles.

Tu descends vers le vestibule en te tenant à la rampe de l'escalier, celui que tu dévalais sur le ventre, enfant, en te prenant pour Superman.

Chacun de tes pas convoque une scène, des images, et son chapelet de souvenirs. C'est souvent Noël et le froid glacial qui reviennent, à cause de la chaleur sûrement. Tu erres dans le jardin qu'il est interdit d'arroser, l'herbe est drue et jaune quand elle est encore là. Tu foules le parc de ta terre brûlée ; même ton tennis a été remplacé par un nouveau. Bruno n'a pas lésiné sur les travaux. Tout est neuf autour de toi, comme si rien n'avait jamais existé juste avant, comme si tu n'avais pas compté. Les grillages des chenils ont été refaits ; il n'y a plus de chiens à l'intérieur, plus d'épagneul ou de labrador pour japper à ton approche et danser à leur libération. Plus aucun compagnon sur qui se pencher. Tu aperçois les bois au fond et les grands arbres dominants. Tu marches à pas de loup par peur de sauter sur une mine du passé et tu arrives vers l'ancien potager de ta grand-mère.

Il n'y a pas d'air à la piscine et Virginie s'est volatilisée. Tu tombes sur le premier transat venu. Et contemples l'assemblée. Des couples, des enfants. Des familles. La joie et l'insouciance, des splashs et des éclaboussures. Tu penses à tes enfants, Nathan et Juliette, laissés derrière toi sans un mot, à la vie de ces corps alanguis sur des transats confortables. Sous ton parasol, une question tourne dans ta tête. Et maintenant ?

Sais-tu seulement, Luigi, ce que ton passé te réserve ?

20

— Ta chambre est bientôt prête. Est-ce que tu veux déjeuner ?

Les mots de Virginie à voix basse t'extirpent du sommeil. Malgré la chaleur, tu as plongé dans un rêve profond. Tu émerges en nage et tout est flou. Le sommeil t'a surpris et tout s'est mélangé. L'arrivée au village, ta nuit au volant, ton détour par la maison d'Édouard. Tu as été encore plus loin en dormant. Tu as marché accroupi jusqu'à la porte ; le nez au carreau, tu as observé et posé ta main sur la poignée. C'est au moment d'ouvrir qu'elle t'a réveillé. Virginie s'est changée. Elle porte un tee-shirt sans manches, une jupe blanche. Ses longues jambes bronzées t'ensorcellent, ses cheveux sont détachés, ses épaules bien dessinées, son port de tête altier, elle a remis un peu de rouge sur ses lèvres et chaussé des lunettes de soleil qui la font ressembler à un chat.

Tu la trouves ravissante lorsque tu te relèves et t'apprêtes à la suivre. De dos, elle est épuisante de beauté.

Tu as connu pire réveil, tu la suis comme son ombre et la regardes fouler son nouveau territoire avec grâce. Tu n'as pas l'intention d'avaler quoi que ce soit, mais tu acceptes de la suivre vers la cuisine. Sur la pelouse face à la maison, tu te retrouves avec elle des années en arrière. Édouard t'avait laissé les clés et le champ libre tout un été. Allongés sur l'herbe humide du soir, vous devisiez comme deux amants en attendant la nuit, un verre de rosé à la main, là l'un pour l'autre, unis par la promesse de l'instant. Un ciel parme vous avait chapeautés. Virginie t'avait embrassé avec soin et tu avais aimé ça, découvrir entre ses bras le château devenir ton royaume.

Tu es assis devant la table de la cuisine et tu ne reconnais plus rien. Le téléphone n'arrête pas de sonner. Virginie est debout et te tourne le dos. Elle répond aux appels des futurs clients, informe et note les réservations, parfois dans un anglais impeccable. Où sont passées les casseroles en cuivre rose qui pendaient au-dessus de la gazinière et dont le couvercle était frappé des armoiries de la famille ? Et les moules à gâteaux annelés, ceux à décor de coquille Saint-Jacques et cannelures ? Et la pendule portique en colonne en bronze doré ? Et le vase tronconique en verre opalescent, et les chandeliers bouts de table en bronze argenté, et les salières en argent, et cette nature morte avec la poule aux œufs dans un panier ? Tout a disparu, ton passé a été englouti avec la décision d'Édouard, et tu n'as plus aucun repère chez toi.

Virginie t'abandonne à ta salade de tomates. Tu n'as pas faim mais tu te forces et commences à déjeuner seul, dans cette pièce où tu aimais tant venir regarder la télévision quand celle du haut était occupée par les adultes. Une image prend le relais. Le visage d'Estelle empourpré et gêné. C'est son premier séjour ici et, comme vous êtes arrivés tard, vous dînez dans la cuisine. Elle a été impressionnée par l'allée qui monte à la propriété, par la hauteur des peupliers qui grondaient tout autour, balayés par le vent, par les lumières extérieures qui se sont déclenchées à votre passage et l'arche lumineuse qui vous encadrait. Ta grand-mère lui a réservé le meilleur accueil, mais ça n'a pas suffi à la détendre. Ta future femme n'est pas habituée à ce genre de décor et redoute le faux pas. Tu lui prends la main pour la rassurer, et tu as hâte de lui montrer ta maison qui n'est pas la tienne, juste celle de ton cœur, et ça ne suffit pas. Tu essayes de la mettre à l'aise en lui servant un autre verre de vin et Estelle sourit sans trop en dire. Elle a la sensation d'être sur un fil, ta grand-mère le sent et la fixe avec compassion.

Le dîner est vite expédié, tout comme le laïus habituel aux invités. L'histoire de l'édifice, dont les bases remontent au XVe siècle, et qui appartient depuis des siècles à ta famille. Assise et frêle, Estelle ressemble à un oiseau fragile, et tu as encore plus envie de la protéger. Quand ta grand-mère t'annonce qu'elle vous a installés dans la chambre d'Édouard, tu souris de fierté. Dans l'escalier qui monte à la chambre ton cœur accélère. Estelle effleure sur son passage quelques tableaux de tes ancêtres. Dans des cadres en bois sculptés, stuqués et dorés à angles ornés, on croise pêle-mêle un mousquetaire chevalier de Malte, un chevalier de Saint-Louis, un marquis en uniforme noir et rouge à baudrier au coq et portant l'ordre de Charles III d'Espagne, un autre en cuirasse, un homme à bonnet à plume tenant une épée, la robe de velours rouge d'une baronne, et un moine. À côté de la porte de la chambre que vous allez occuper, une console d'applique en bois redoré à ceinture ajourée sculptée porte un buste de femme en marbre. Le halo de la lumière lui donne un air effrayant. Tu ouvres la porte de la chambre de ton oncle. Le lit d'alcôve en acajou la rassure. Ornées d'une tête de cheval, surmontées de plumes d'autruche, deux appliques en bronze laqué noir envoient une lumière chaude et tamisent votre antre. Un grand miroir à feuilles d'or reflète vos deux corps déjà enlacés. Tu es si heureux d'être là. *Poney croisé normand anglais*, *Chevaux du Haut-Poitou*, *Cheval du Midi*, *Jument de Tarbes*, *Cheval de Crimée*. Cinq superbes lithographies dans des encadrements en placage de loupe sont fixées au-dessus d'une paire de fauteuils club en cuir beige. Vous êtes en bonne compagnie.

21

Tu as laissé en plan ton déjeuner et tu es remonté de la cuisine sans même t'en rendre compte. Tu n'as croisé personne dans le petit escalier en bois ciré et n'as pas prêté attention aux voix qui grondaient dans la bibliothèque, aux accents chantants des visiteurs, au rire poli de Virginie ; même pas tourné la tête vers l'escalier qui y mène, et tu as traversé le vestibule en pilotage automatique, un peu à la façon que tu avais de t'y promener la nuit enfant lors de tes crises de somnambulisme. Dans ton état, tu n'as pas pu noter la présence de ce vestige. Suspendue au plafond, la lanterne en bronze aux six côtés incurvés est toujours à sa place. Elle a survécu à la liquidation. C'est elle que tes grands-parents laissaient toujours allumée la nuit pour veiller sur la maison et ses habitants. Sa lumière irradiait en étoile dans le vestibule. Elle peignait des ombres sur les murs et le mobilier, qui te faisaient penser le plus souvent à des têtes de chiens sauvages et donnaient au pastel ovale d'un ancêtre fixé au-dessus de la porte du salon des faux airs de sultan, au grand cartel des airs de navire. Édouard aimait y accrocher un bouquet de gui pour le Nouvel An. Il te photographiait en dessous avec son Polaroid, embrassant ta mère et ta sœur, et tu le regardais dans son smoking cintré partir à l'un de ses réveillons, une bouteille de champagne sous chaque bras.

Tu as échoué sur l'un des canapés du salon, pas celui en velours rouge de ton enfance, un autre bien plus récent, sans doute une marque italienne dispendieuse, immaculé comme un morceau de banquise. Il fait office de radeau sur la mer démontée du passé. Tu t'es allongé, une main sur le front, l'autre sur le cœur, et tu réponds d'un geste à la sollicitude d'un couple masqué qui sort de sa chambre en maillot de bain et serviette pour se rendre à la piscine en s'échangeant un tube de gel hydroalcoolique. Le couple craint un malaise à cause de la chaleur, tu le rassures d'un mot court.

— Tout va bien, merci.

Des enceintes dernier cri crachent une playlist de reprises des grands tubes de la chanson française chantées par la nouvelle génération. Pendant qu'une voix juvénile et faussement éraillée reprend *Je suis venu te dire que je m'en vais*, tu fermes les yeux en cherchant une bouffée de ta vie d'avant. Malgré la fatigue, tout est intact dans ta mémoire.

Et tu reviens encore à lui, à sa légende.

À la fuite de ton ancêtre condamné à mort en Hongrie pour s'être élevé avec son régiment contre le pouvoir autrichien, à son arrivée à Athènes en 1864, à sa solitude à la cour du roi de Grèce, à son statut de grand écuyer du jeune roi Georges Ier. Combien de fois as-tu entendu ce récit ? La visite de l'empereur François-Joseph et de l'impératrice Élisabeth inversera le cours de son destin. Tu revois ses deux billes d'acier ; ta grand-mère raconte à une assemblée médusée que c'est Élisabeth de Wittelsbach, impératrice d'Autriche et reine de Hongrie, de Bohême et de Lombardie-Vénétie, alias Sissi impératrice, qui aidera son arrière-grand-père à revenir enfin dans son pays, en Hongrie. Sissi impératrice signera la fin d'un exil. Le grand écuyer du roi pourra, à l'hiver de sa vie, retourner sur ses terres et dire adieu à ses souvenirs. Exactement comme tu le fais mais pour des raisons bien moins nobles. Car toi tu ne t'es jamais battu pour aucune liberté et personne n'est là pour implorer de te gracier.

Tu passes le grand salon en revue. Tu revois ce qui n'est plus, ce qu'Édouard a osé balancer aux oubliettes lors de la vente aux enchères. Ton inventaire est précis : le grand tapis orné de rinceaux sur fond bleu, la tapisserie verdure et son paysage boisé remplis d'animaux, la commode Louis XV à façade galbée, ouvrant à trois tiroirs sur deux rangs, la console d'applique en bois redoré, ses deux pieds à double cambrure, et au-dessus son marbre rouge veiné des Pyrénées. Même le petit cartel à poser de forme violonée en placage de corne est à sa place.

En te concentrant davantage, tu pourrais dessiner son cadran à treize plaques d'émail et sentir ta main le caresser. Ton inventaire te ramène à ton père. D'abord cette image. Vous deux, le nez collé sur la vitrine où sont exposées les médailles militaires de ton grand-père et celles de son père. Tu as douze ans. Ton père te raconte l'histoire de ces décorations, le courage et la valeur au combat des ancêtres. Et tu les passes avec lui en revue, en suivant religieusement ses explications, les deux étoiles d'officier de la Légion d'honneur en vermeil et émail, une IIIe République, une Ve République, rubans à rosette ; les deux croix de guerre, une 1914-1915, ruban avec trois palmes et deux étoiles, une 1939-1940, ruban avec trois palmes ; les doigts de ton père te guident vers les cinq autres médailles, la croix de guerre 1939, la croix du combattant, avec trois agrafes, la Bronze Star, ruban de la Silver Star ; une croix de la Valeur militaire en bronze patiné ; une étoile de chevalier de l'ordre national du Mérite. Elles parlent de leurs guerres et les comportements héroïques des hommes de ta famille te rendent fier.

Et c'est loin d'être tout. Les médailles qui te font le plus rêver viennent d'ailleurs. Il y a cette Silver Star d'Amérique en bronze doré et argenté, la croix au chiffre de George V avec ses centres en or en trois parties, et celles en provenance du Japon : l'ordre du Trésor sacré, et la plus belle de toutes, la décoration de chevalier de l'ordre du Soleil levant.

Fin du voyage, début du feu d'artifice, en super-8, en vidéo, en photo numérique, toute une vie défile dans ce salon. Encore les Noëls au pied de la cheminée, les flammes immenses dans l'âtre, le sapin haut décoré avec soin par ta grand-mère, sa crèche sans âge et la centaine de santons, Suzanne en chemise de nuit, ton grand-père et Édouard en chiens de faïence, les rangées de cadeaux, le bruit du papier qu'on ouvre avec soin, les cris de stupéfaction et de joie. Autre ambiance, les spots multicolores déchaînés, les fêtes données par Édouard avec toute la gentry des environs, des filles en robes longues, porte-cigarettes au bout des doigts, des hommes sur leur trente-et-un, les corps qui se déchaînent sur une musique festive, des maîtres d'hôtel en gants blancs, un caravansérail de voitures dans le jardin, des cris, des bonds, et du champagne encore. Le sourire triste de ta mère te revient souvent quand tu te tiens là, hors saison, lors de week-ends d'automne et pluvieux, des années plus tard, et que tu reviens ici pour embrasser ta grand-mère. Parfois tu regardes ta mère tomber de sa chaise en serrant dans ses bras un coussin brodé.

Cut. Ton père, encore lui, une fin d'après-midi d'été, celui de tes vingt-trois ans. Vous êtes seuls, tu fumes une autre cigarette et laisses entre vous un nuage de fumée. Il s'est installé dans l'une des deux larges bergères en bois mouluré du salon. Un verre de whisky à la main, il fixe la cheminée, toi la commode en placage de palissandre et bois de violette. Un silence épais a pris place entre vous. Ton œil se balade à travers la pièce. Il s'arrête sur le portrait d'un jeune prince. On t'a appris que le fils du duc de Berry a posé en 1833, à l'époque où il se trouvait en exil à Prague. Il porte une redingote en velours de couleur verte, d'où sort une collerette rappelant la « fraise », détail vestimentaire emprunté aux effigies du roi Henri IV, ainsi que la plaque et le grand cordon de l'ordre de Saint-Louis. C'est toujours le silence quand ton père si calme lâche la foudre.

— Ne va pas croire que cette famille est unie. Dans ce décor de faux palais, rien n'est vrai. À commencer par les sentiments que les gens se portent. Tu vois bien que ta grand-mère n'a jamais aimé ton grand-père plus que ça ; d'ailleurs Édouard n'est pas de lui. Et ces deux-là se détestent. Édouard est un enfant caché. Le fils d'un autre. C'est souvent comme ça dans la vie. Il faut se méfier des apparences et des décors idylliques. Cette maison que ta grand-mère aime tant est habitée par le souvenir d'un autre. Le seul homme qu'elle ait jamais aimé et qu'elle n'a jamais eu la force de rejoindre, au nom de son éducation et des grands principes, est un soldat américain. C'est quand même complètement con, de rater sa vie à ce point et de le faire payer ensuite à ses enfants. À ton avis, pourquoi plus personne ne vient jamais ici à part nous ?

Pourquoi est-ce que les sœurs de ta mère ne sont jamais là, ni leurs enfants non plus ? Parce qu'Édouard a fait le ménage. Et que ta grand-mère n'a d'yeux que pour lui. Elle a rejeté tous les autres, y compris ta mère qui se morfond encore à son âge à cause de ça. Méfie-toi de lui. Qui naît dans le mensonge le porte toute sa vie.

22

Estelle

J'ai fini par sortir les enfants et nous sommes allés marcher. Nous avons erré sans but à la recherche d'un coin frais et atterri au parc où seules quelques familles avaient eu le courage de venir pique-niquer dans un dernier carré d'ombre. On a cru crever de chaud et Nathan et Juliette ont commencé à s'énerver et à se chamailler pour je ne sais quoi. La promenade a tourné court, j'ai cédé sur les glaces et, la main sur mon téléphone, j'ai senti des appels fantômes en provenance de Luigi. Bien sûr, ce n'était pas lui. À bout de nerfs, j'ai composé le numéro de ma belle-mère, et j'ai raccroché à la première sonnerie. Et puis quoi encore ? Comment allait-elle recevoir la belle-fille qui s'en va et demande le divorce ? J'ai beaucoup de respect et d'affection pour elle, mais elle n'est plus de mon côté désormais, je dois m'y faire. Une séparation vous isole aussi du reste de la belle-famille, et de tous ceux qui ont projeté sur vous leur désir. Personne n'est là pour assurer le service après-vente, vous entendre et vous comprendre, même si, j'en suis certaine, elle doit bien savoir, au fond, que son fils a fini par avoir un sacré problème et que ce n'était plus possible entre nous. Elle sera là pour les enfants quand Luigi les lui refilera, c'est déjà ça.

Et puis je me vois mal l'inquiéter en lui expliquant la situation. Votre fils s'est tiré en pleine nuit en laissant ses gosses dans l'appartement, est-ce que vous avez une idée d'où il a bien pu aller, sachant qu'il n'a presque rien emporté avec lui, à part des photos de l'album de notre mariage ? Je me fais un sang d'encre, en espérant qu'il n'a pas fait une connerie à cause du divorce et de ma décision. C'est vraiment un beau salaud de se comporter de cette façon, vous ne trouvez pas ? Ça rime à quoi, ce genre de chantage ? « Tu ne m'aimes plus, je m'évapore », quand on a vécu quinze années avec quelqu'un et qu'on lui a donné deux enfants ? J'ai pleuré de stress et de peur, et je me suis sentie vidée.

Fabrice a essayé de me joindre, je n'ai pas décroché. J'ai appelé Alexandra, ma meilleure amie, elle m'a convaincue d'aller voir les flics si Luigi n'était pas rentré ce soir à minuit. J'ai tenté de le joindre tout l'après-midi sans résultat. J'avais les mains moites et le cœur serré.

Nous sommes rentrés, les enfants étaient tristes, nous avons essayé de jouer à quelque chose sans y parvenir. Nathan a filé dans sa chambre, j'ai foncé sous la douche pour rassembler mes idées, et, sous l'eau glaciale, je nous ai revus quand tout a commencé dans cette maison. Le sourire de Luigi à l'époque, c'était quelque chose. Sa peau était douce et ses mains étaient fortes, avec lui je me sentais protégée. Rien de grave ne pouvait arriver.

23

« Ne va pas croire que cette famille est unie… Dans ce décor de faux palais, rien n'est vrai… Édouard est un enfant caché… Il faut se méfier des apparences et des décors idylliques. Cette maison que ta grand-mère aime tant est habitée par le souvenir d'un autre… » L'écho de la voix de ton père te donne envie de vomir. Tu fonces aux chiottes. Tu avais choisi d'oublier cet après-midi et la confession soudaine et brutale de celui qui ne disait jamais rien. Tu avais recouvert d'une plaque sa déclaration et tu avais déroulé ta vie. Sans tenir compte une seule seconde de cette révélation. Déni XXL. Ce n'était qu'une question de temps. Les chapes de plomb que l'on pose finissent toujours par se fissurer pour mieux nous empoisonner.

Le visage d'Édouard apparaît dans l'eau claire de la cuvette des chiottes, tu te vides d'un coup sec en priant pour que personne ne t'entende. C'est ton enfance, Luigi, qui te joue des tours, et les remugles du passé qui t'empoisonnent. Tu t'essuies la bouche et penses à ta grand-mère. À ces allusions à la fin de sa vie, à sa parole cryptée sous son rire facétieux, à vous deux dans la bibliothèque sur cette paire de bergères à pieds cambrés, à refaire le monde autour d'un thé noir, à son visage qui s'ombrait par intermittence, et se voilait d'un chagrin jamais formulé, épais comme une forêt de regrets. Tu penses à ton père que tu n'as jamais voulu écouter, ni croire. Tu remontes dans ta chambre, et l'ombre d'Estelle se dessine dans l'escalier. Tu es essoufflé. Tu sors de ton sac les photos, celles de l'album de ton mariage. Tu les étales soigneusement sur ton lit comme pour tenter de trouver la pièce qui manque au puzzle, ce que tu refuses de voir et de comprendre.

Vous êtes si jeunes, sur les clichés. Le soleil offre modestement sa bénédiction et transperce les vitraux de l'église. Vous vous tenez bien droits comme des premiers communiants, de la robe de la mariée à la tenue des enfants d'honneur tout est impeccable et, comme pour le mariage de Suzanne, le village est là en nombre dans la nef et chante fort. Ta mère porte un chapeau bleu à large bord, ton père a loué sa jaquette, Suzanne est une témoin resplendissante et Édouard au premier rang sourit à l'objectif. Il irradie. Dehors, la fête bat son plein, les invités grouillent dans le jardin, ils devisent un verre à la main entre prétendues gens de bonne compagnie. Les sœurs de ta mère ont fait le déplacement, ta dizaine de cousins que tu ne vois jamais aussi, tous tes amis sont là. Estelle a l'air d'un faon à l'heure de la rosée ; elle se penche pour offrir son bouquet de mariée à une petite fille. Vous êtes à table à écouter les discours, vous ouvrez le bal à votre tour. Tu danses une valse dans les bras de ta mère ; elle sourit pour de vrai sur la photo, ta grand-mère ferme les yeux à cause du flash, on dirait qu'elle prie à l'église, elle lève le menton vers le ciel et serre la main de ton oncle qui fume un énorme cigare. Tu as l'air heureux et stable dans ta tenue de jeune marié, tu as l'air d'un garçon du château qui ne soupçonne pas que la foudre peut s'abattre sur lui, tu es ce parfait mélange d'innocence et d'arrogance que l'on trouve presque toujours chez les fils de famille mal préparés à la vie et que personne ne plaint jamais car tout le monde pense que c'est ça, être privilégié, alors que c'est à chialer, ce défaut majeur de protection, quand on ose laisser croire à des gosses que tout est gagné d'avance, que le monde est à eux et que tout leur est dû. C'est à pleurer et c'est dangereux. Suzanne a le ventre rond, elle va mettre au monde son premier enfant. Ces photos ont l'air de venir d'une autre planète, et l'ombre du château en contrechamp dévore tout à la façon d'une météorite qui s'apprête à percuter la Terre.

Tu rallumes ton téléphone et la quinzaine d'appels en absence de ta femme le font clignoter sans discontinuer. Tu l'éteins aussi sec et tu dis à voix haute :

— Qu'elle aille se faire foutre avec son divorce.

La tête vers le plafond, ta chanson te revient.

« Tu aurais dû faire mieux et reprendre. Racheter la maison de famille. »

C'est vrai que tu y as pensé. C'est là que tout le monde t'attendait. Tu es tellement décevant. Qu'est-ce qu'on se fout que tu n'en voulais pas au fond ? Qu'est-ce qu'on se fout que tu n'en avais pas les moyens ?

Ta tête se met à bourdonner, tes oreilles sifflent, tu as chaud et soif. Tu t'empares de ton Smith & Wesson et vises le miroir d'en face. Son reflet te renvoie l'image du petit garçon que tu étais à la sortie de l'église. Ton regard n'est pas doux mais hanté. Qu'as-tu à dire à l'enfant du passé ?

Cette question te ronge le cerveau. Alors tu l'interpelles :

— Si tout doit disparaître, pourquoi ne pas tout détruire ?

Troisième partie

24

Estelle

Les enfants étaient plutôt tranquilles quand cette image m'a poignardée par surprise. Le scintillement des premiers gyrophares. Luigi en sang, sa voiture en miettes, la route de nuit, la pluie, un aquaplaning, le fossé. Les services de secours toutes sirènes hurlantes qui arrivent en renfort, ferment une parcelle de l'autoroute, disposent des plots orange et blanc tout autour, délimitent la zone d'intervention. Quelques voitures se sont arrêtées sur le bas-côté pour prévenir les secours. Une femme terrifiée hurle et pleure d'effroi dans les bras de son mari. Des gens ont attendu, d'autres sont passés sans s'arrêter devant la carcasse de l'Audi renversée sur le toit comme une baleine échouée sur les côtes bretonnes à cause du réchauffement climatique. Des témoins ont parlé d'au moins trois tonneaux, du rebond de l'automobile sur le bitume, du bruit sourd et lourd du fracas sur la chaussée humide.

Le conducteur est coincé dans la machine.. Le hurlement d'une scie retentit et attaque la carcasse en projetant des gerbes d'étincelles. Des pompiers découpent la carcasse, une visière accrochée à leur casque les protège des éclats et du feu. La désincarcération de Luigi prend du temps. Mon mari est comprimé par la déformation de la tôle, son corps ne peut plus bouger, l'efficacité des pinces hydrauliques permet à un secouriste de se faufiler tel un écureuil dans l'habitacle pour prodiguer au père de mes enfants les premiers soins, dresser un bilan, arrêter les hémorragies. Il fixe avec application un collier cervical autour du cou du chauffeur inconscient ; quand il tourne la tête, il constate qu'une partie du moteur du bolide est enfoncée dans sa jambe. Il prévient ses collègues qui continuent à découper la voiture comme les parts d'un gâteau d'anniversaire trop cuit, que c'est grave, que la victime est en urgence absolue. On appelle un hélicoptère de secours pour transférer mon homme que je n'ai plus la force et le courage d'aimer vers le CHU le plus proche.

Mon ordinateur est allumé devant moi, je note le numéro de tous les hôpitaux de la région et appelle un par un les services d'urgences enfermée dans ma chambre pour ne pas inquiéter les enfants. J'attends un long moment que quelqu'un me réponde et pose une dizaine de fois cette question : « Est-ce que mon mari a été pris en charge chez vous ? » Est-ce que vous savez si mon mari est mort ? S'il s'est tué la nuit dernière sur la route, après être parti en trombe de la maison sans une explication pour personne ? Les voix sont toutes les mêmes. Et toutes tentent d'abord de me calmer, avant de rechercher dans leur ordinateur, une musique d'ascenseur, une voix enregistrée m'invitent à attendre encore, et tant pis si mon corps tremble, si mon cœur crame au fond, si un point dans ma poitrine m'asphyxie. J'attends de savoir si un certain Luigi a été admis. Quand la personne revient, je me reprends, m'excuse, reconnais mon erreur, ce n'est pas Luigi que je cherche, Luigi n'existe pas pour l'administration, Luigi est une chimère d'Édouard, c'est Ludovic que je traque. C'est le vrai prénom de mon mari, celui qui est écrit sur ses papiers d'identité. Et devant mon hésitation, je sens qu'on me prend pour une tarée. Pour une femme qui ne connaît même pas le prénom de son époux, une affabulatrice, une désaxée. Je passe sûrement pour une folle qui panique au bout du fil pour rien et on me répond qu'aucun Luigi, ni aucun Ludovic n'ont été admis ces dernières vingt-quatre heures dans aucun service d'urgences des alentours.

On expédie mon inquiétude. On pose le mot « fin » à ce début de calvaire, on m'invite aussi à me calmer. Je peux toujours appeler un médecin et foncer le voir pour qu'il me prescrive quelque chose pour m'aider à me désangoisser. On me raccroche au nez. Je suis soulagée et j'inspire. Je chiale de peur, ou de remords, ou des deux.

Bordel, Luigi, qu'est-ce que tu fous ?

25

Tu donnerais tout pour te débarrasser de cette sensation d'étouffement, pour libérer ton corps de ce poids, de cet état d'oppression qui monte encore d'un cran. On dirait que le château ne te protège plus, que son pouvoir n'agit plus sur toi, que le changement de propriétaire a englouti ses vertus, le regard que tu portais sur ta terre d'asile, que les fantômes du passé ne peuvent rien pour te sortir de ton état. La crise d'angoisse te noue et t'empêche de rester là trois minutes de plus, tu as besoin de faire le point et de prendre l'air. Ce n'est pas qu'une question de dérèglement climatique, c'est une question d'énigme qu'il te faut résoudre. Qu'est-ce que la vente du château dissimule ? En quoi cela te concerne-t-il, vu l'état de tes finances et les caisses vides de ton illustre famille devenue pauvre et ruinée ? Tu n'as pas pu racheter parce que tu n'en avais pas les moyens, et tu les aurais eus, tu aurais peut-être refusé de prolonger le mythe de cet endroit déshabillé de toute trace de vie et d'humanité après le départ des anciens. Tu serais certainement passé à autre chose, si tu avais eu l'argent, tu aurais voulu écrire une autre histoire, la tienne avec Estelle et les enfants. Car tu le sais bien, au fond, on ne vit pas pour ses ancêtres, on apprend à s'en libérer, on existe pour soi, et on trouve le cran de couper les mauvais liens, sinon on tombe, on répète les mêmes erreurs, on prolonge les drames, on ne retient pas les leçons, on demeure esclave des lignées et l'on échoue sans jamais rien choisir, en tirant à bout portant sur notre liberté. Noblesse oblige ? Surtout de se raconter des histoires, de se mentir et de mentir à tout le monde. Tu as l'impression d'avoir été trompé toute ta jeunesse, tu en veux à ceux qui t'ont donné la vie de t'avoir leurré sans une explication sur le sens des nuances, et la taille des épreuves que se doit d'affronter une existence pour un jour être en paix. Tu leur en veux de t'avoir laissé croire que tout était simple et bien hiérarchisé, que tout n'était qu'une affaire de croyance et de tradition, alors que tout avec eux était affaire de non-dit et de secret. Tu leur en veux de ne pas t'avoir armé.

Le château a brusquement des allures de cimetière, celui de tes illusions, et, en ce jour d'enterrement, tu as besoin de prendre l'air. Tu sors en trombe de ta chambre, dévale les marches de l'escalier quatre à quatre, croise Virginie avec de nouveaux clients, et pars sans un mot, d'un pas décidé, te promener. Tu traverses le parc assoiffé, sans un regard pour les tapis de fleurs mortes, et prends la direction des bois. Cette forêt, tu la connais par cœur, c'est Édouard qui t'a initié aux chemins, lui qui t'a appris les mystères des grands chênes, l'écho des châtaigniers, les silences des pins laricio, la rudesse des pins sylvestres, les secrets de la faune, le sens du vent.

« Édouard est un enfant caché. »

Cette phrase n'en finit plus de rebondir. Presque vingt ans après avoir été prononcée, voilà qu'elle te cogne la figure et te lacère le cœur. Pourquoi ce secret n'explose-t-il que maintenant dans ta conscience ? Qu'en as-tu fait pendant tout ce temps ? Où se range ce qu'on refuse d'admettre ? Que caches-tu, Luigi, derrière le muret de cette révélation éventée qui ne te concerne pas ? Et toi, quel est ton secret ? Auras-tu le courage de descendre au fond de ta cave et de libérer ton âme en l'avouant ? Tu marches à foulées amples, tu cours même, et ce n'est pas ton fort, l'exercice, tu n'es pas un habitué des footings, mais ton corps te pousse à accélérer, tu ne décides de rien. En face de toi un écran d'images, patchwork désordonné, multiplie les stimuli. Tu vois ta grand-mère, déjà mère et encore jeune, qui vient de débarquer, qui vient d'hériter de la maison. C'est une vieillerie qui tient à peine debout, elle s'active pour la ranimer et supervise de grands travaux. À la fin de la guerre, la région est une plaie ouverte, la campagne est jonchée de cadavres, de chevaux morts et de caches d'armes, on ramasse les corps et dans le village on croise des militaires blessés, spectres, fantômes et morts-vivants, errant entre les ruines fumantes. Ils sont soignés au couvent des bonnes sœurs transformé en hôpital de fortune depuis bien avant la fin des combats. Le décor est posé, le personnage principal est en place, le film peut commencer dans ta tête.

En marchant sur un chemin d'herbes hautes, tu aperçois une femme seule et ses enfants dans la cour d'une grande maison à rafistoler. C'est la fin d'une guerre mondiale, le début d'une nouvelle ère. Des hommes errent, mutilés le plus souvent, d'autres, vêtus d'uniformes rutilants, affichent le sourire des libérateurs. Le village s'accroche à la vie dans une odeur de fin du monde, un horizon crépusculaire et un bout de ciel bleu. Où est ton grand-père ? Tu n'en sais rien. Il est absent. Tu as entendu dire vaguement qu'après les hostilités et quatre années de combat il a été envoyé en Allemagne, pays ennemi occupé par les Alliés après la défaite, et ta mère l'a suivi. Ce dépaysement va durer trois ans. Pendant trois années, ta mère sera seule avec lui, témoin silencieux. Tu as entendu dire qu'elle verra se succéder d'autres femmes dans les bras du général et n'aura presque pas de nouvelles de ta grand-mère. Ses deux sœurs seront envoyées en pension le jour où leur mère rencontrera ce soldat et choisira de l'aimer. Alors le monde pour elle s'arrêtera. Alors sa vie basculera, alors plus rien ne comptera, sauf lui et eux deux ensemble, comme toi et Virginie des années plus tard sur la pelouse du château. Eux, avant vous, trinqueront sous un ciel déclinant et feront du château leur royaume. Ici commencera le grand dérèglement des fondations. Car cet amour n'aboutira pas. Leur amour se cognera au mur des grands principes d'une éducation. Après un été à construire et se reconstruire, après un été de passion, après l'aube d'une paix retrouvée, viendra l'heure du choix. Elle a décidé de fuir et de tout laisser derrière elle, son mariage, ses enfants, son héritage, son nom, la maison. Ta grand-mère est enceinte d'Édouard, sa valise est prête, sa gorge est nouée. Elle prend la route pour les États-Unis d'Amérique, sûre de son choix. Son soldat est reparti là-bas, son Américain l'attend au pays, tout est prêt pour l'accueillir.

Elle n'arrivera jamais à destination, n'ira jamais le rejoindre, elle fera demi-tour bien avant et restera au château à le regretter toute sa vie. L'histoire aurait pu s'arrêter là, se solder par un drame intérieur, mais l'enfant qu'elle porte sera le stigmate d'un choix inabouti, retentira sur les autres, le reste de la famille, et ricochera sur les âmes du clan comme une malédiction.

26

Tu es une petite souris, un mulot, un loir, un rat. Peu importe. Mais dans la forêt, tu assistes à la scène. Au retour du général dans cette maison. Le ciel est haut, le vide immense, la lumière automnale, la pluie s'abat. Il rentre chez lui, là où il va demeurer jusqu'au bout avec cette femme qui n'est plus la sienne mais celle d'un autre, avec ta grand-mère qui aime cet Américain et a refusé au dernier moment par devoir de quitter son socle. Y a-t-il pire au monde que de rester par devoir ? Non. Et pourtant c'est le choix qu'elle a décidé de poser ; mais est-ce un choix libre ? Certainement pas. C'est un choix contraint, un enfermement, une obligation, le fruit d'une éducation, la reproduction peut-être d'un schéma.

Qu'en dis-tu ? Tu marches le long du chemin en fermant les yeux pour mieux voir. Ta tête bourdonne encore et ton odeur fait fuir le gibier.

Et toi, quel schéma es-tu en train de reproduire en revenant par ici dire adieu à ce faux paradis ?

À ce moment-là du film, en ce jour du retour de ton grand-père, ce n'est pas encore ton problème. Cela le deviendra un jour, mais d'abord il y a ta mère.

Tu as pris le sentier de l'étang et tu n'es plus très loin de cette mare. Elle est presque à sec avec la canicule et ne ressemble plus à un plan d'eau, plutôt à un énorme trou d'obus. La question se cabre devant toi sous la trouée des arbres immobiles en l'absence du moindre courant d'air pour les rafraîchir ; on dirait des statues.

Comment ton grand-père a-t-il encaissé la nouvelle quand il a su que ta grand-mère était enceinte d'un autre homme ? Comment dans ces familles qui se prétendent au-dessus de tout soupçon est accueilli ce genre de drames à l'époque ? Les conséquences du désir et des attractions ? Comme l'a-t-il appris ? Quels mots a choisis ta grand-mère ? Quelle phrase lui a-t-elle jetée à la figure ? Où les explications ont-elles eu lieu ?

A-t-il crié, a-t-il levé la main sur elle ? S'est-il ravisé à la dernière seconde, l'a-t-il écrasée contre le mur ? Est-il parti marcher comme toi pour convoquer les grands arbres et demander conseil et protection aux murmures de la forêt ? Est-il resté calme ? A-t-il voulu partir ? S'est-il senti perdu ? Comment a-t-il fini par accepter cet enfant, reconnaître Édouard, par faire semblant qu'il soit de lui, qu'il soit son fils, par l'élever ?

Comment choisit-on de mentir ?

Qu'aurais-tu fait à sa place ?

Comment cet homme et cette femme à la racine de ta vie ont-ils géré la nouvelle et trouvé la force de cohabiter entre les murs décrépis du château en sauvant les apparences et en donnant l'exemple au grand monde d'un couple uni et aimant, à la famille parfaite ? Pas sans se blesser c'est certain, pas sans souffrance c'est évident, pas sans faire payer le prix de cette faute aux autres, à commencer par leurs propres enfants, ta mère et ses sœurs. Ta grand-mère leur a apporté l'addition de son choix. Toute sa jeunesse, ta mère s'est construite sans l'amour de la sienne. Voilà ce que tu es, le fils d'une mère qui n'a pas connu l'amour maternel, le petit-fils d'un refus d'obstacle, le descendant d'un mensonge, d'une existence non assumée, du désir contraint et du renoncement. Un enfant des silences.

Tu es assis sur un muret de pierre, face à un étang désolé.

Aucun signe de vie aux alentours.

Tu reprends le film de tes fondations mais la pellicule est voilée. On n'y voit plus rien que des bouts d'images, des ombres, des signes, les stigmates du secret de famille. Rien n'apparaîtra jamais au grand jour. Tout est flou. La première rencontre entre ta grand-mère et le soldat américain, les premiers mots, l'amour naissant, la tentation, l'impossibilité de résister au désir en dépit des croyances, en dépit du poids de l'éducation et des principes, en dépit de la protection du serment, des promesses de fidélité, du sacrement du mariage qui, pour ces gens-là, est soi-disant au-dessus de tout. Il y a le château qui renaît de ses cendres, il y a les fissures qui demeurent sous le lierre et les corps emmêlés.

Tu tentes de l'apercevoir. Une silhouette se dessine en contre-jour, elle apparaît par intermittence. Les épaules sont larges, les bras forts sous l'uniforme, les cheveux sont noirs et tirés en arrière, on est loin du mètre quatre-vingt-quinze de ton grand-père, les joues du soldat sont ombrées d'une barbe irrégulière, les jambes de l'Américain sont un peu arquées, le buste est droit, le cou large, les mains puissantes. Tu ne vois pas le visage, tu ne le détailles pas, ni la bouche, ni le nez, ni les pommettes, ni les paupières, ni les yeux. Aucun trait ne sort clairement du tableau de l'inconnu que tu tentes de fixer, mille ans après son apparition devant l'entrée du château, des siècles après le rapt. Tu ne sauras jamais rien du regard de celui qui a ravi celle que tu as tant aimée, celle qui a tenté au soir de sa vie de t'avouer son chagrin et peut-être de te prévenir pour les tiens à venir. Rien, sauf à dessiner dans ces bois, de mémoire, celui d'Édouard et de parier sur un air de famille. C'est si peu.

Édouard, cet étranger si familier qui ne ressemble en rien ni à son père, ni à ses sœurs – et pour cause –, ne t'a jamais confié le secret.

Pourquoi elle ? Pourquoi la foudre a-t-elle choisi de s'abattre sur ta grand-mère ? Cette question te taraude : et si ce n'était pas la première fois qu'un membre de ta lignée succombait ? Et si tout le monde tombait tout le temps en dépit des faits d'armes et des décorations, en dépit de la taille des principes et des religions, des murs érigés tout autour pour tenir droit dans une vie ? En dépit des châteaux et de la propriété ? Des fortunes, des ruines, des convictions, du statut et des origines ?

Et si tu étais le suivant sur la liste ?

27

Estelle

J'ai gobé un vieux Xanax qui traînait dans le tiroir de ma table de nuit et j'ai rappelé Alexandra. Elle a fini par me convaincre. Je lui ai demandé de passer pour garder les enfants. J'ai une nouvelle fois menti à Juliette et Nathan, prétexté un dossier à récupérer au bureau, et j'ai filé au commissariat, un volcan en éruption dans le ventre. Je n'en menais pas large quand je suis arrivée, une odeur de moisi m'a soulevé l'estomac, le bruit, les cris, l'agitation, cette chaleur, on étouffait. J'ai présenté rapidement mon affaire, et tout autour de moi était moite. J'étais là pour signaler la disparition de mon mari avec qui j'étais en instance de divorce. Une jeune femme en uniforme m'a indiqué un bureau en s'essuyant le front. Il m'a fallu patienter plus d'une heure, assise sur une chaise de fortune sous une lumière jaune d'hôpital au pied d'un ventilateur hors d'usage. J'ai pensé que ces gens qui attendaient devant moi étaient aussi sans nouvelles d'un proche, en fait non, chacun venait ici pour toutes sortes de problèmes et d'affaires, un vol de voiture, une agression pour un téléphone, des violences conjugales. Le commissariat ressemblait à une fourmilière, il recrachait et avalait des quidams sans discontinuer. La chaleur n'aidait pas à apaiser les esprits. Le gardien de la paix qui tapait les dépositions sur son clavier, lui, ne transpirait pas, ne bougeait pas. Son visage poupin ne marquait aucune émotion, et son calme absorbait le monde qui débordait face à lui. Il semblait indifférent au tsunami qui déferlait entre les murs et, mécanique, récoltait sans ciller les déboires des visiteurs à la chaîne. Il devait avoir dans les vingt-cinq ans.

J'ai attendu mon tour en scrutant l'écran de mon téléphone. La femme qui passait devant moi n'arrêtait pas de crier ; deux types venaient de lui voler son chien. J'étais en train de répondre à Fabrice quand le brigadier derrière le bureau m'a fait signe d'approcher en agitant la main dans ma direction. Mon amant s'inquiétait pour moi et me noyait de messages ; à chaque bip, j'imaginais que Luigi s'était enfin décidé à me répondre et me rassurait, il était sur le chemin du retour, tout allait bien, il n'avait pas cherché à se foutre en l'air à cause de moi ou plutôt de notre séparation, et acceptait enfin notre divorce. Mais mon futur ex-mari restait sourd aux appels incessants de ma mauvaise conscience. Sous la lumière blafarde de ce commissariat sordide, entre les plaintes et les suppliques, les cris et les atermoiements, je me sentais désespérément seule. Je me suis assise sur cette chaise en essayant de me calmer et j'ai posé mon sac à main sur mes genoux. J'ai pensé à une scène de film lorsque j'ai décliné mon identité.

— Estelle Meyer, quarante ans.

Il m'a demandé d'un ton docte de répéter mon adresse, pour être bien sûr de tout bien noter et puis mon numéro de portable et mon adresse électronique. Ma tête tournait quand j'ai commencé à expliquer la situation sans m'étendre sur les causes de notre séparation, l'organisation particulière autour des enfants, un week-end sur deux dans l'appartement familial disait tout et suffisait. Le jeune flic notait sans commenter. Lorsqu'il a compris que Luigi n'avait disparu que depuis la veille au soir, il est sorti de son mutisme et a poussé une sorte de soupir agacé, qui trahissait son énervement. Je me suis sentie blessée, il a levé la tête dans ma direction et froncé les sourcils, ouvert une boîte de chewing-gums et s'est mis à mastiquer. Ses deux petites billes noires ont presque souri, moqueuses, devant mon angoisse d'ex-femme pas encore libérée du poids d'un mariage en phase terminale. Il a haussé les épaules : comment osais-je le déranger pour si peu, et, après un autre court soupir, le policier a déroulé son argumentaire. Il articulait et en appuyant sur chaque mot :

— Sachez que de nombreuses personnes disparaissent tous les ans sans laisser de trace ni donner le moindre signe de vie à leurs proches. Les disparitions volontaires sont de plus en plus courantes, et d'ailleurs de plus en plus de gens rêvent de se volatiliser, certains pour fuir des dettes, d'autres plus prosaïquement une situation familiale qui ne leur convient plus. Allez savoir ce qui se trame dans la tête d'un individu. Vous savez, la nature humaine… Alors bien sûr pour les familles, c'est un long cauchemar qui commence. Même si à la fin, dans une majorité de cas, ce genre de disparition est vite résolu. Depuis la pandémie, c'est encore pire qu'avant. Les gens prennent conscience que la vie ne dure pas. Et se barrent. Et je ne compte plus le nombre de femmes et d'hommes qui comme vous se pointent ici à la recherche de leur moitié. Bref, vous avez la possibilité de demander de procéder à une recherche. Toutefois, selon la nature de la disparition, une enquête n'est pas nécessairement ouverte. Vous comprenez ? Madame ? Vous m'entendez ?

— Oui, oui, continuez. Pardon.

Et le flic a continué. J'ai appris que la législation ne définit pas de critère spécifique pour juger du caractère inquiétant d'une disparition, qu'elle est considérée comme telle lorsque la personne disparue a pour habitude d'avoir des contacts réguliers avec ses proches, puis, du jour au lendemain, sans raison apparente, cesse de donner de ses nouvelles.

Le brigadier a poussé un autre soupir en sortant d'un tiroir une feuille de papier A4 ; tout un argumentaire était écrit noir sur blanc. Il a lu la circulaire d'une voix lasse, quasi métallique, pressé d'en finir.

— Certains faits peuvent accentuer le caractère inquiétant de la disparition : la personne disparue n'a pas emporté ses affaires personnelles. Est-ce votre cas ?

— Non.

— Elle a laissé une lettre de suicide ? Votre mari a-t-il écrit un mot qui indique ce genre de projet ?

— Non.

— La personne est partie randonner seule ou en voyage dans une zone à risques ?

— Non plus.

— L'état psychologique du disparu est également un critère pour déterminer la gravité de la situation : personne âgée ou en situation de handicap, maladie, troubles psychiatriques, dépression. Votre mari est-il dépressif ?

— Peut-être un peu. Nous traversons une période difficile. C'est tout.

— OK. La disparition d'un majeur protégé est dans ce cas-là considérée comme inquiétante. À l'inverse, les situations pour lesquelles aucun signe de danger n'est détecté ne sont pas considérées comme des disparitions inquiétantes…

— C'est à…

Il a haussé le ton.

— Je termine. Dans le cadre d'une disparition non inquiétante, aucune enquête ne sera ouverte, les proches de la personne disparue devront effectuer les recherches par leurs propres moyens. Ils pourront par exemple s'aider des réseaux sociaux.

— Donc je dois poster un message, c'est bien ça ?

— Et pourquoi pas ? Les gens y passent leur vie. Ça peut aider à le localiser, au moins dans un premier temps.

— Vous plaisantez ?

— Madame, vous êtes dans un commissariat.

Et il a poursuivi en articulant de plus en plus nerveusement : en cas de disparition sérieuse et réellement inquiétante, ce qui ne semble pas du tout être mon cas à la lumière de mes explications chaotiques, le disparu est inscrit sur le fichier des personnes recherchées. Les autorités ont accès à cette information en cas de contrôle. Deux types d'enquêtes peuvent être réalisés.

— Une enquête administrative et, dans les situations les plus inquiétantes, soupçons d'enlèvement, de séquestration ou de radicalisation religieuse par exemple, une enquête judiciaire… coordonnée cette fois par un magistrat. Votre mari s'est-il radicalisé, a-t-il été enlevé ?

— Euh…

— Madame ? Vous êtes là ?

Non, je n'étais plus là, mon esprit avait déjà filé depuis un moment. Dans les bras de Luigi au début de notre histoire, dans le lit de Fabrice, le jour où j'ai trompé mon mari pour la première fois et où je me suis sentie sale et perdue d'être tombée amoureuse d'un autre homme.

28

L'étang ressemble à une nappe froissée, verdâtre et épuisée après un repas de famille. Ton hallucination te conduit dans la salle à manger. Autour de la table, tout le monde se fige. Le merle noir qui vient de s'écraser sur le carreau sonne le glas. Les masques sont prêts à tomber. Tu as sursauté à l'impact et poussé un cri de frayeur, une paire de candélabres à trois bougies camoufle les expressions de haine que ta grand-mère envoie à ton grand-père. Est-ce de la haine ? Ou juste du mépris envers elle-même ? De la colère rentrée. Ils ont beau faire chambre à part, elle ne le supporte plus. Elle lui en veut d'être encore là, de se tenir droit en face d'elle et de lui rappeler par sa seule présence qu'elle a déserté l'amour pour le devoir. Lui en joue. Et à chaque repas son mari lui fait payer sa faute, par une phrase, un mot, un silence, une insinuation, une manière de la considérer, de se tenir face à elle, de ne pas lui répondre. À chaque repas, ton grand-père trouve un moyen qu'elle se souvienne qu'elle n'a pas eu le courage et la force d'être en vie, de quitter sa prison, plutôt que d'en faire son tombeau. Il transforme son humiliation en arme. Tu es trop petit pour comprendre mais tu enregistres tout. Et c'est aujourd'hui, sous cette chaleur, entre les ruines fumantes de ton passé qu'enfin tout s'éclaire.

Regarde-toi, Luigi.

Tu as douze ans.

Tu joues avec un pot de porcelaine à décor au barbeau et anneaux en relief posé sur la table de la salle à manger. Tu te balances sur ta chaise à pied plat garnie en chêne et personne ne te dit rien, tu fixes la grande jardinière en terre cuite en forme de poisson. On ne prête pas attention à toi sous le vent furieux. La mâchoire de ta mère est tendue, elle fusille ta grand-mère et couve son père d'un œil protecteur, ses doigts pianotent sur les pieds du chauffe-plat. Régler ses comptes. Elle voudrait se lever et crier. Elle voudrait tout sortir, lui dresser la liste de tous ses manquements, qu'elle reconnaisse et s'excuse, de n'avoir pu les aimer, elle et ses sœurs qui ne viennent plus jamais la voir. Elle voudrait hurler sa souffrance et s'en débarrasser, que sa mère la reprenne auprès d'elle, mais il est trop tard. Ta mère se rend malade depuis si longtemps et se détruit. À la maison, tu la découvres dans de curieux états quand tu rentres de l'école. Un jour elle est prostrée, un jour elle fume sur le balcon et parle fort, très fort, toute seule, elle sent l'alcool et le tabac, elle part souvent dormir avant le dîner. Tu connais ça par cœur. Ton père ne te dit rien. Il ne t'explique pas ce qui se passe, que c'est à cause de leur enfance que les adultes déraillent. Tu dois chercher et trouver par toi-même ce qui défigure la maison et donne aux tiens cet air pâle. On s'habitue à tout, même au départ de sa mère dans une ambulance. Tu finis par te faire une raison, et même par conclure que tout est ta faute. Et tu t'en veux, jusqu'à vouloir t'effacer du tableau familial. Heureusement, il y a Suzanne ; ta sœur est là pour te soutenir et toi aussi pour la consoler. Vous vous tenez chaud dans votre drôle de vie, où les adultes ne parlent jamais de leur peine et vous en font porter le poids et les conséquences. Le rire de Suzanne te réconforte, et pour ne plus être triste tu te démènes pour le déclencher. Ta sœur est l'antidote au malheur de ta mère, qui ne pardonne pas à la sienne de l'avoir abandonnée en restant.

C'est donc ça, être adulte ?

Tu as douze ans.

Ton père caresse une des trois salières en argent et cherche la main de sa femme pour la calmer et la réconforter. Ton grand-père porte son verre à pied à sa bouche. Édouard allume une cigarette dans un silence pesant et éclate d'un rire de fauve. Personne ne bouge, tout le monde se tient et rentre son venin. Ça ne se fait pas, dans ce milieu, de sortir ses entrailles sur une table de salle à manger et de dévorer ses ennemis, on ne règle pas ses comptes à voix haute, on se tait. Et ton grand-père se lève pour ramasser l'oiseau mort.

C'est fini.

Tu reviens à toi au bord de l'étang et cherches à effacer les souvenirs, les ouragans de leurs cris silencieux, les hurlements sourds de la fêlure des non-dits.

Tout est calme quand tout est mort comme la nature autour de toi. Sur ton muret de pierre, tu es avec ta sœur à nouveau, tu fixes au loin pour chasser tes angoisses. Suzanne a su se libérer ; elle ne reviendra jamais par ici, elle a coupé les attaches, tracé son chemin loin du chaos, du château et de ses habitants. Elle s'occupe de ta mère, soigne son désœuvrement depuis la mort de ton père et la prend souvent chez elle. Elle couve ses silences de sa gaîté et de celle de sa famille, berce sa tristesse. Ta sœur a réussi là où tu as échoué. Et la vente du château, elle, elle s'en fout.

Tu aimerais voir ta mère et lui dire que tu es désolé. Que tu as compris pourquoi elle a essayé de sourire toute sa vie sans y parvenir, car quelque chose a manqué : des parents ensemble pour une juste raison. Une mère qui veille et n'abandonne pas. Un creux laissé sur son cœur l'a déformée comme il t'a déformé par la suite. Dans une famille, les mauvais choix pèsent sur les épaules des descendants parfois des années après, moulent et façonnent des destins que des innocents reproduisent de génération en génération. Les mauvaises vies se répandent et sont contagieuses.

À cause de son chagrin d'enfant, ta mère a boité toute sa vie et t'a amputé sans le savoir. Tu n'es pas l'héritier du château, seulement celui du mal-être de ses habitants et de leurs foireuses fondations, le fils d'une enfant délaissée par sa mère pour un autre lit. Un fantôme de plus.

C'est ce que tu lis dans le peu d'eau qu'il reste dans cet étang assoiffé. C'est ça que tu réalises en venant dire adieu à ton enfance.

Et tout d'un coup, tu as le visage d'un homme qui souffre d'autre chose que de la perte d'une maison de famille et, au bord de l'étang asséché, tu déterres à ton tour tes regrets.

Ils n'ont pas les contours d'Estelle, ni de votre séparation. Ton mariage qui s'éteint en est juste la conséquence. Au fond de toi, tu le sais. C'est un autre visage qui surgit de l'étang. Celui que tu n'as pas su rejoindre quand le train est parti, malgré les promesses et l'amour. Plutôt crever que d'y repenser. Ce souvenir-là dort depuis des années sous une chape de plomb, encore une. C'est inutile de le réveiller.

Et tu rentres au château.

120 euros la nuit. Petit-déjeuner compris.

29

Estelle

Alexandra m'interrogeait à voix basse sur mon passage au commissariat pour que les enfants ne nous entendent pas. J'ai été prise d'un fou rire nerveux, la présence de mon amie dans l'appartement me rassurait. Elle n'arrêtait pas de dédramatiser. Nathan a fait irruption dans la cuisine. J'ai sursauté, lâché ma cigarette par la fenêtre et j'ai crié sur mon fils en lui ordonnant d'arrêter d'emmerder sa sœur. Alexandra a tenté de me calmer, les enfants tournaient en rond dans l'appartement et se chamaillaient, j'ai dit non pour une nouvelle session d'écrans, et Nathan a commencé à pleurer en demandant des nouvelles de son père. Juliette lui a dit qu'il ne reviendrait pas, « parce que Maman l'a quitté et a détruit la famille ».

Alexandra est devenue toute blanche et a foncé sur le réfrigérateur pour chercher une bouteille de blanc. J'ai pris sur moi pour ne pas m'effondrer, j'ai envoyé Juliette dans sa chambre.

Je préparais le dîner quand mon téléphone a bipé. Un message de Fabrice m'indiquait qu'il était en bas ; il ne comptait pas monter mais voulait que je descende pour m'embrasser et être sûr que j'allais bien et tenais le coup. Alexandra m'a dit que j'avais de la chance et m'a conseillé de descendre. Dehors, le ciel était sombre ; avec un peu de chance, l'orage qui s'annonçait, et avec lui la pluie, allait rafraîchir l'atmosphère et sûrement apaiser les tensions.

Dans l'escalier, en rejoignant Fabrice, j'ai vu Luigi marcher dans une forêt obscure, mon mari se noyer.

Le bouquet était jaune, rouge et orangé. Un mélange de roses, d'œillets, de germinis et d'hypéricums. Fabrice était caché derrière et dans un geste aussi théâtral qu'amoureux me l'a brandi avec fierté en me tirant vers lui par la hanche. Nous nous sommes embrassés et la fraîcheur de mon amant m'a calmée. J'avais les yeux fermés quand j'ai entendu la porte s'ouvrir. J'ai eu un geste de recul en imaginant mon mari qui rentrait, Fabrice a passé sa main sur mon visage, j'ai aimé son sourire protecteur.

— Ce n'est pas encore lui, m'a-t-il dit. Ne t'inquiète pas. Je suis sûr que tout va s'arranger. La vie est bien faite, tu sais.

30

Tu es en route et ta mère est partout. Sa souffrance s'étend et se déverse sur la plaine. Sa fatigue monte jusqu'aux cernes du ciel, une légère brise débarque, seule la chaleur ne tombe pas. Ta mère se traîne, ta mère pleure en silence des larmes invisibles, ta mère épuisée vide tout le monde autour d'elle. Tu es passé la voir à l'hôpital et ce n'est pas la première fois, tu connais le chemin à présent. Elle souffre de crises de mélancolie. Elle s'éteint dans un profond sentiment d'injustice dont elle ne peut parler pour s'en débarrasser et se redresser. Ça ne se fait pas de dire les choses dans ta famille et ton père n'en peut plus. Il ne dit rien lui non plus, mais n'en pense pas moins. Dans ce genre de milieu, on ne recule pas, on reste à sa place, on serre les dents, on se contente de ce que l'on a et on finit par faire semblant d'être là. On perd son temps. Il est dans le salon assis sur le canapé, à table avec sa famille, s'enferme dans son bureau avec ses disques de jazz et ses livres. Oui, il est là, mais n'habite plus ici. Rester fidèle à son poste, c'est parfois être de moins en moins fidèle à soi-même et à l'autre. Une autre manière de déserter est de se perdre dans d'autres parfums en rentrant dans son lit tous les soirs. Au fond de lui, la grogne monte, et le découragement lui noue la gorge, devant ta mère, l'indifférence prend le pas sur l'amour. On appelle ça s'éloigner. Les apparences sont préservées, mais le tunnel est noir.

Elle est là, la violence, dans ce genre de clan, pas dans les coups donnés, pas dans les mots lancés, mais dans l'absence de parole, dans la culture de champs désolés, où rien ne pousse plus depuis des années. Ne plus s'aimer sans se le dire, c'est se tuer à feu doux. Tes parents se meurent tranquillement et toi tu penses toujours qu'ils sont heureux. Ce sont d'excellents comédiens. Tu es attendrissant. Ton père rentre de plus en plus tard, s'absente de plus en souvent. Lors d'une de tes virées dans Paris, tu crois l'apercevoir au jardin des Tuileries en bonne compagnie. Tu cours dans sa direction et tu reviens à toi, ça ne peut pas être lui avec cette jeune blonde. C'est pourtant lui au bras d'une autre dans la vie souterraine dont tu ignores les contours. Pauvre cloche. Tu as vingt-deux ans et ne sais toujours pas que le malheur conduit à d'autres malheurs ; on passe parfois sa vie à tenter de s'en extirper. Quand on ne parle pas, on est seul, et presque toujours pathétique. Les fils des soi-disant bonnes familles sont les pires, ils ne sont pas préparés au chaos et vivent claquemurés dans leurs principes, dans un monde qui n'existe pas. Le choix de ta grand-mère a abîmé tous les siens. Regarde-toi.

Tu n'as pas vu le temps passer sur le trajet du retour, pas pris le temps de lever la tête et d'observer autour la nature se relever. On passe à côté du spectacle de l'existence quand on est prisonnier des tourments. Le château n'est plus qu'à quelques mètres de toi et tu te donnes un mal de chien pour qu'il ne remonte pas. L'ombre du regret que tu as aperçue au bord de l'étang te revient et tu imposes à ta conscience de te laisser tranquille. Tu n'as pas besoin de ces retrouvailles que tu cherches à éviter depuis tant d'années. Ton cœur est un cimetière de choix. Tu donnes un dernier tour de clé à cette porte et pries pour qu'elle ne s'ouvre pas. Les chiens ne font pas des chats. On dirait ta grand-mère et son Américain.

Tu arrives comme tu es parti te promener, chien fou dans l'escalier, tu montes quatre à quatre dans ta chambre, et redescends vers la cuisine. Il te faut quelque chose de fort pour ne pas déterrer ce cadavre. Ne pas revoir les traits de celle que tu as décidé de rejoindre ce jour-là sans y parvenir toi non plus. Décidément.

Le whisky ne désaltère pas et augmente la rage. Ta colère monte. L'alcool te cloue sur ton lit deux bonnes heures et tu te réveilles ton arme à la main. Tu aperçois ton reflet dans le miroir en bois clair, il a remplacé le trumeau de boiserie en bois laqué vert sculpté de branches d'olivier qui trônait là avant. Tu as l'air aussi triste que furieux. Tu te lèves pour accrocher sur un bord une photo d'Édouard. Ta gorge est sèche. Tu allumes une cigarette en fixant le cliché. Sur l'image, ton oncle a les bras en l'air. On dirait qu'il reçoit un cadeau du ciel. Tu pointes ton canon vers lui, quand on frappe à la porte. Virginie attend ton signal pour entrer. Tu ranges ton Smith & Wesson sous ton lit et vas lui ouvrir.

31

Estelle

Je venais à peine de remonter avec mon bouquet de fleurs. Nathan et Juliette me fixaient avec un œil inquisiteur. Ma fille a pris un air mauvais et a ricané en lançant à la cantonade :

— C'est de la part de son nouveau mec. Celui qui veut remplacer Papa. Il est venu lui porter. Si elle pense qu'on n'est pas au courant.

J'allais la reprendre, très énervée et morte de honte, quand Alexandra m'a tendu mon téléphone que j'avais laissé sur la table de la cuisine en me chuchotant à l'oreille :

— Regarde le SMS que tu as reçu, ma belle.

Suzanne s'inquiétait de ne pas pouvoir joindre Luigi. Elle me demandait si j'avais des nouvelles de son frère. Je suis retournée dans la salle de bains et je l'ai rappelée, gênée mais soulagée d'entendre ma belle-sœur quand elle a décroché à la première sonnerie. Elle a tout de suite compris à ma voix blanche que quelque chose n'allait pas. Et si au départ les mots avaient du mal à sortir, elle m'a très vite mise à l'aise. Sa douceur m'a rassurée. Elle n'était pas là pour juger ma décision, mais juste pour savoir où était son frère. J'ai remonté le fil des événements et je lui ai raconté toute l'histoire, depuis la disparition en pleine nuit jusqu'à ma visite au commissariat. Elle a essayé de me calmer et s'est tue le temps de rassembler ses idées. Elle m'a demandé si je le trouvais étrange ces derniers temps et depuis quand. Elle a senti que je ne disais pas toute la vérité et pendant que je m'enfonçais dans de vaseuses explications, Suzanne a posé la question.

— Et s'il avait pris la route pour se rendre au château ? Pour dire au revoir à la maison puisqu'il a toujours refusé d'y retourner depuis l'annonce de la vente ?

J'ai répondu qu'Édouard ne le lui avait pas proposé, qu'il n'avait pas eu la délicatesse d'organiser une dernière réunion de famille dans la maison avant le grand chambardement. Elle m'a donné raison. C'est peut-être ce que Luigi avait attendu de son oncle qui ne lui parlait plus depuis deux ans. Un dernier dîner. Une dernière fois. Une réconciliation. Un discours, des silences, tourner la page ensemble, malgré la difficulté des adieux à la terre et du choix. Quoi qu'il en soit, Suzanne aussi le trouvait étrange et distant depuis cette annonce. Quelque chose s'était brisé en lui. Ce n'était plus le même Luigi, et peut-être avait-il ressenti le besoin de retourner là-bas en pleine nuit ; comme on part dire au revoir à un lieu qui a compté pour nous, pour enfin passer à autre chose. Suzanne réfléchissait à voix haute. Comment n'y avais-je pas pensé ? Ça ressemblait à Luigi, ce genre de pèlerinage.

— Tu sais, m'a-t-elle dit, cette maison, c'était tout pour lui. Et il n'a jamais accepté la décision d'Édouard. Je ne vois pas Luigi faire autrement. Je ne vois pas mon frère quitter ses enfants en pleine nuit pour une autre raison. Ne t'inquiète pas, ce n'est pas tant votre séparation que ce deuil impossible qui le submerge. On peut toujours appeler mais il a dû s'enregistrer sous un faux nom et quand bien même, vu son état, mieux vaut aller le récupérer sur place. Je peux prendre le premier train pour vérifier. Moi, cette baraque, j'ai tourné la page.

Je l'ai remerciée pour sa proposition. C'était à moi de suivre cette piste et de m'y rendre, de retrouver le père de mes enfants, de le convaincre de rentrer et d'en profiter pour avoir enfin une vraie conversation avec lui. J'ai embrassé Suzanne en lui promettant de la tenir au courant. Elle m'a promis de me donner des nouvelles si Luigi l'appelait. Et nous avons raccroché. En sortant de la salle de bains, j'ai demandé à Alexandra si elle pouvait garder encore un peu les petits et j'ai rassemblé mes affaires. Ma fille m'a demandé où je partais comme ça. Si j'allais rejoindre mon nouveau fiancé et les abandonnais. Je lui ai répondu avec la plus grande douceur.

— Non, mon amour. Je n'abandonne personne. Je pars chercher Papa.

32

Le jour perce encore à travers les rideaux. Virginie t'a laissé là dans ce lit débraillé et elle a posé un paquet sur ta table de nuit. Tu reviens à toi doucement ; entre la sieste alcoolisée et son passage, tu as besoin de retrouver tes esprits.

Elle ne t'a pas laissé le choix pour la confrontation. La porte à peine refermée, elle s'est dressée devant toi et t'a imposé le silence en posant son doigt sur ta bouche. Elle t'a attiré jusqu'au lit et l'a ouvert comme elle t'a déshabillé en te fixant avec autorité. Elle s'est dévêtue à son tour sans un mot et s'est plantée sur ton sexe, en articulant bien clairement.

— Quel plaisir de te recevoir chez moi, mon cher Luigi. Des années que j'attends ce moment. Qu'est-ce que tu t'imaginais ? Qu'on allait prendre le thé à la bibliothèque pour fêter nos retrouvailles ? Te souviens-tu du soir où tu es parti sans une explication ? T'es-tu posé une seconde la question de savoir ce que j'avais ressenti cette nuit-là et après ? Disparaître, est-ce une manière de traiter ceux qu'on a prétendu aimer un jour ? Hein ? Ne me réponds pas. Je ne veux pas t'entendre, c'est trop tard depuis le temps. Je veux juste que tu saches et envisages deux secondes l'étendue du mal que tu m'as fait.

Elle a posé ses mains sur tes yeux et tu n'as pas cherché à lui résister. Et tandis que tu coulais en elle, elle t'a posé cette question.

— Qu'es-tu venu chercher, Luigi ? Hein ? Qu'est-ce que tu fous entre les murs de cette maison qui n'a plus rien à voir avec toi ? Qu'est-ce que tu cherches ?

Virginie a roulé sur le côté et allumé une cigarette en fixant le plafond. Tu es resté silencieux. Elle t'a reposé la question, bien consciente que tu ne lui répondrais pas. Quel intérêt avais-tu de revenir sur tes pas, ressusciter un passé qui n'est plus et payer pour ça ? Sa voix s'est adoucie comme si ce qui venait d'arriver suffisait au pardon, comme si l'impression d'avoir eu le dernier mot venait de la libérer de votre histoire et clôturait enfin ce chapitre des années après.

Elle a continué à fumer, tu as continué à te taire. Et en écrasant son mégot dans un cendrier en terre, elle a ajouté :

— Parler, Luigi. S'expliquer, dire les choses, putain ! Si tu savais comme c'est important dans une vie. Parler, formuler, verbaliser. Répondre. Regarde-toi ! Regarde-toi, merde à la fin ! Vas-y, bouge-toi, va vers le miroir si tu es un homme et dis-moi ce que tu vois. Tu veux la vérité, Luigi ? Tu fais peur. Du moment où je t'ai vu arriver sur le perron avec ta tête de déterré, j'ai eu un très mauvais pressentiment. Je te demande de quitter les lieux au plus vite. Rentre chez toi, Luigi. Occupe-toi des vivants, prends soin de ta famille. Ta femme vient d'appeler. Visiblement, elle te cherche. Sois rassuré, je ne lui ai rien dit. Pas encore. Et tes gosses ? Tu leur as dit quoi, à Nathan et Juliette ? Rien, j'en suis sûre, pas un mot. N'est-ce pas ?

Tu as gardé ce foutu silence, le visage d'Estelle est apparu, celui de ta grand-mère aussi. Virginie s'est rhabillée et, en se rajustant devant le miroir de la chambre, elle a désigné le paquet posé sur la table de nuit.

— Emporte ces lettres avec toi. On dirait des lettres d'amour envoyées à ta grand-mère, juste après la guerre. Je n'ai pas voulu lire plus que ça ; ça ne me regarde pas et, de toute façon, avec l'usure du temps, elles sont devenues illisibles. Elles étaient bien cachées dans les combles du grenier, des ouvriers ont mis la main dessus pendant les travaux.

Virginie s'est tue en continuant à t'observer dans le miroir. Sur le pas de la porte, sans même se retourner, elle a avisé la photo d'Édouard que tu avais accrochée dans un coin.

— Ah, celui-là… Il manquait plus que lui. Qu'est-ce qu'il fout là ?

Le nez collé à la photo, elle t'a demandé une dernière fois de t'en aller.

— Quelque chose me dit que tu n'es pas là pour de bonnes raisons et que ça va mal finir, Luigi, et je ne veux pas être témoin de ça. Va-t'en maintenant. S'il te plaît.

33

Estelle

J'ai embrassé les enfants, remercié Alexandra, donné trois consignes, attrapé mon sac et les clés de la voiture et je suis descendue, le téléphone coincé sur l'épaule pour prévenir Fabrice que je filais chercher mon mari et… et quoi ? Qu'est-ce qui me prenait ? En quoi était-ce encore mon affaire ? Qu'est-ce qui me poussait à vouloir à tout prix le retrouver, moi qui l'avais abandonné ? Je n'avais qu'à le laisser à ses errances et Luigi finirait bien, pareil à la marée, par revenir à sa vie, ses enfants et notre divorce. Mais quelque chose en moi m'empêchait d'être cette femme-là, de déléguer à sa sœur la mission, de continuer l'air de rien, dos rond et tête dans le sable, sans me préoccuper du père de mes enfants qui traversait une mauvaise passe à cause de moi, du moins en partie.

En même temps, j'étais celle qui se vautre dans d'autres draps avant d'avoir totalement refermé son histoire, j'étais déjà cette fille ordinaire qui avait succombé comme tout le monde au désir et aux fantasmes d'une vie meilleure sans trouver l'énergie de m'opposer à rien. Alors ? À quoi bon foncer pour le récupérer ? Je n'étais pas à une contradiction près. Et la réponse avait le mérite d'être claire. J'étais dans cette voiture pour au moins une raison : être sûre de ne jamais rien avoir à me reprocher, pouvoir encore à peu près me regarder dans une glace après ça, arrêter de me sentir aussi mal, par peur donc, certainement, par culpabilité, par honte aussi d'avoir fui ce en quoi j'avais cru, tout en sachant pertinemment que je n'avais pas d'autre choix, que tout était mort entre nous.

J'étais toutes ces nuances et ces contradictions, à côté de mon époque qui, tout en multipliant les façons d'aimer, classait l'amour dans des tiroirs, loin de toute contrainte, doute et contradiction. Des centaines de discours reposent aujourd'hui sur une seule idée : aimer l'autre, c'est d'abord s'aimer soi. C'est peut-être vrai mais c'est totalement faux. Il n'y a en la matière aucune vérité, aucune réalité et, dans la fin d'un couple, c'est chacun pour soi et tout le monde comme il peut. Les spécialistes autoproclamés de la chose amoureuse devraient commencer par aimer à en fouiller les poubelles de leur âme avant de prétendre en connaître un rayon sur l'art de vivre une séparation.

J'ai pris conscience, en roulant, que je m'étais obstinée pendant toutes ces années à tenter de sauver Luigi de lui-même, que je m'étais acharnée à dompter sa face noire sans bien sûr jamais y parvenir. Il m'avait autant aimée que tenue à distance de lui, du château et de ses habitants, il ne m'avait jamais tendu les clés du labyrinthe parce qu'il ne les avait pas. Cet homme-là s'accrochait aux murs porteurs d'une enfance idéalisée, et n'en avait jamais jusqu'alors mesuré les fissures ni n'avait compris l'étendue des dégâts. Luigi était au monde tout en continuant à se réfugier dans le sien, bouée trouvée dans une mer démontée.

Fabrice m'a proposé de me rejoindre là-bas, juste pour me protéger au cas où, si quelque chose tournait mal. J'ai trouvé qu'il exagérait, je ne me sentais pas menacée. Il n'a pas insisté et nous avons raccroché, loin l'un de l'autre. J'ai envoyé un message à Suzanne pour lui signaler que j'étais partie, elle ne m'a pas répondu, et je me suis vue dans le rétroviseur comme une étrangère, sortie du cercle de la famille, de la puissance des liens tissés avec le temps à cause d'une décision banale qui brusquement pesait un poids énorme. J'attendais quelque chose qui n'existait pas. Que la vie continue comme avant alors que tout était différent désormais. J'attendais de ceux que j'avais aimés qu'ils ne choisissent pas, malgré la séparation, de rompre, mais s'appliquent à me garder pour toujours. Je souhaitais que rien ne change. J'avais tort bien sûr. Quitter quelqu'un, c'est prendre le risque d'être abandonné par les autres. Partir, c'est rester pour toujours en exil. Je n'ai peut-être pas la logique de clan dans le sang, mais je ne suis pas préparée à cette double peine.

Sur la route, je comprends que la disparition de Luigi est un rappel à la loi.

Celui qui part pour quelqu'un reste seul.

Un peu plus de deux heures de route avant d'apercevoir le clocher du village et juste à la sortie, le toit de la propriété.

J'ai commencé à chialer et j'ai laissé couler.

34

Regarde-toi, Luigi. Masse informe en boule sur ton lit. Position fœtale, un oreiller posé sur ta trogne, dos au mur. Pathétique. Virginie t'a mis une de ces branlées. Quoi ? Tu ne vas pas chialer, en plus. Elle t'a prise comme un animal ; il ne fallait pas la traiter moins qu'un chien et partir sans rallumer la lumière. Il fallait s'asseoir à une table, parler, expliquer, dire au revoir, et, tant qu'à faire, régler l'addition. C'est monnaie courante entre humains quand un feu ne prend plus, et que plus aucune braise ne réchauffe les artères. On prévient, Luigi, quand on quitte le terrain en plein match, on ne plante pas un amour sans un mot, on n'abandonne pas dans la nuit, parce qu'un matin le jour se fait, et dans l'éblouissement du soleil, la moiteur de l'hémisphère, une femme blessée rend coup pour coup.

C'est bien fait pour toi, mon lapin. Tout se paye un jour. Elle aurait pu faire pire que de te foutre à poil et se poser sur toi pour se venger et enfin tourner la page. Elle aurait pu t'en coller une, te fracasser la tête avec une batte de baseball en pleine nuit. Mais la vie, ce n'est pas du cinéma américain, la vie, c'est souvent la fiction en mieux. Ce sont ces liens furieux qui nous constituent, nous affament, et nous rendent mauvais.

Regarde-toi, Luigi ! Tu ne dis pas autre chose là, couché à poil, bec cloué, flingue sous le pieu. Et tu n'en veux pas à Virginie, tu la comprends, elle a raison. Tu vois le message ou pas ? Parler, dire, expliquer, raconter, formuler, verbaliser évite les rancœurs et les pieux dans le ventre. Mais quand ça ne veut pas, ça ne veut pas, et c'est plus fort que toi, ce silence. Au moins maintenant tu comprends d'où ça vient. Tu allumes une cigarette et tires le paquet de lettres que Virginie a posé sur la table. Tu ne parviens pas à lire cette écriture fine et penchée épuisée par les années, laminée par l'effort d'avoir vécu planquée. Le maquis d'un amour est resté dans l'ombre d'un mur du château à absorber l'humidité des vieilles pierres et de ta vieille famille. Il y en a pour des litres de feu et de larmes, et tu ne peux pas déchiffrer les hiéroglyphes de l'Américain qui supplient ta grand-mère de traverser l'Atlantique pour calmer la douleur de sa peau quand elle n'est pas là. Ces folies que l'on impose à nos tripes quand une absence nous brûle échappent à ton œil étranglé par le remords de n'être que ce type-là, le fils et le petit-fils du non-dit, de l'informulé et de l'absence. Ça paraît plus simple d'être mort que d'être toi.

Tu stoppes ta lecture. Tu ne t'acharnes pas à t'épuiser les yeux sur une histoire qui n'est pas la tienne parce qu'elle te rappelle la tienne, mort pour mort. Tu ne t'es pas contenté de disparaître une seule fois, tu as fait pire que Virginie et son chagrin qui te cherchaient dans la nuit, tu as récidivé avec l'amour inachevé. Toi aussi tu as refusé de traverser l'océan. Toi aussi tu es resté chez toi, à attendre la fin d'un mariage que tu avais assassiné. Oui, Luigi, tu as préféré le devoir du château à la liberté d'aimer. Toi aussi, tu as préféré balancer la vie qui t'attendait dans l'étang des regrets plutôt que d'assumer. Tu as reproduit l'histoire et le schéma familial et sans en honorer la fureur, tu as fui en enterrant ton cœur.

Rien ne meurt jamais dans ces cas-là et quand elle revient, la vague est un tsunami. Le voilà.

La rage te pète à la gueule des années après. Tu ramasses tes affaires sans un mot. Tu arraches la photo d'Édouard du miroir. Quel genre de destin aurait connu ta grand-mère si elle avait traversé l'Atlantique ? Quel vent aurait-elle soufflé sur la destinée des habitants du château si l'arrivée du fils d'un autre n'avait pas rebattu toutes les cartes mais donné du courage ? Quel fils et quel homme serais-tu devenu ? Tu jettes un œil sur le lit désolé, ramasses ton arme et ranges le paquet de lettres dans ton sac. Dehors, le ciel s'assombrit et la chaleur ne cède pas. Au bout du jardin, Virginie te tourne le dos. Encadrée par deux clients, elle ne se retourne pas quand tu démarres. Ses mots et la honte qu'ils ont suscitée ont terminé de te convaincre.

Tu rentres chez toi.

L'écho de sa voix t'accompagne jusque dans l'allée des grands peupliers.

Qu'es-tu venu chercher, Luigi ? Hein, qu'est-ce que tu foutais entre les murs de cette maison qui n'a plus rien à voir avec toi ? Tu veux la vérité, Luigi ? Tu fais peur.

Quatrième partie

35

Et tu t'en vas. Tu retournes à la vie qui t'attend et elle ne te dit rien. Tout t'échappe, Luigi. Voilà ton constat en regardant une dernière fois dans le rétroviseur le château s'éloigner et avec lui tes illusions, ton enfance et ton insouciance. Au moins, il y a un au revoir, et même un adieu. Tu stoppes à l'entrée du village, et sors pour crier vers la plaine. Ce hurlement est un cri de rage, un cri de vivant qui chasse les démons qui sommeillent. Tu hurles en direction du château et un prénom sort de ta bouche.

Un corps émerge de l'étang de tes souvenirs.

Rien ne disparaît quand on enterre vivants ses regrets. Le puzzle de ce récit se reconstitue.

D'abord une silhouette, une lumière verte éclaire sa peau, elle restitue progressivement ses traits, même son odeur te revient.

Cette femme. Ce prénom.

Ce n'est pas celui de Virginie, ce n'est pas celui d'Estelle. C'est celui d'une autre, d'une histoire incomplète, inachevée.

Et tu comprends enfin. Le château n'est qu'un leurre depuis le départ, un prétexte pour te ramener ici et t'obliger enfin à déterrer l'indicible.

Après la dissimulation, tu es là pour retrouver la clarté.

Tout revient. Ce que tu as caché reprend forme. Ce qu'on enterre au fond de soi, pour ne pas l'affronter, par peur ou par devoir, par peur et par devoir, remonte un jour à la surface. Ce n'est qu'une question de temps.

Sais-tu seulement que le corps garde nos blessures en mémoire ?

Ce que tu as retenu et qui te consume depuis si longtemps se libère.

Cette femme, ce prénom.

Tout est là devant toi. L'amour ne se choisit pas. Quand il laisse le choix, c'est qu'il n'est pas. Impossible de mettre en mots cette histoire. C'était ta vie qui se jouait et tu lui as tourné le dos. Encore une fois Luigi, fuir ce n'est pas partir, fuir ce n'est pas clôturer. Ce que l'on fuit rejaillit vers nous quand on ne s'y attend pas.

À cause de la peur on abandonne, de l'abandon naît le regret, du regret le chaos et l'effondrement. L'histoire que tu as tenté de cacher se reconstitue devant toi.

Après ce cri, ton passé revient à la vie et son cœur cogne fort. Tu perds un peu l'équilibre. Ton chagrin est troublé ; tu as attendu si longtemps pour t'en libérer. On ne sait pas toujours quoi faire d'une extraordinaire aventure. Tu as préféré le silence à la vie, tu as préféré tout détruire.

Tu remontes dans ta voiture. Ils sont là derrière toi. L'inachevé. Ta grand-mère et son Américain. Tu aimerais leur parler de l'avortement d'un amour. Tu aimerais pouvoir échanger quelques mots avec eux et au moins leur poser la question : est-ce que ce syndrome porte un nom ?

Trop tard, tout le monde a déjà disparu. La vision d'un fantôme ne dure pas. La banquette arrière est vide.

Tu es si seul, Luigi.

Tu penses à la malédiction du silence et du devoir. Tu compares ton histoire à celle de ta grand-mère : deux amours contrariés, deux élans brisés, soixante-dix ans d'intervalle, tu lui trouves des excuses et toi tu n'en as pas. Tu penses au banal de la situation, à l'évolution des mœurs et des mentalités, aux rencontres qui nous arrivent alors que l'on n'est pas prêt, aux gens qui nous tombent dessus à la vitesse d'un TGV quand on s'imagine être heureux et qu'on ne l'est pas. Tu penses au cul-de-sac de la vie de famille, aux vies bouleversées, à la roulette russe, au commun de ce genre d'accidents, à la platitude d'une sortie de route lorsque l'on succombe à la tentation et que tout s'éclaire et nous guide vers ce changement que l'on ne pourra jamais accepter, ni en partant, ni en restant, parce que nous avons peur. Tu penses à l'exil à la cour du roi de Grèce, au condamné à mort, sauvé de justesse par une impératrice. Tu sais qu'il a fini sa vie seul malgré les mains tendues. Car rien ne sauve jamais à notre place un amour.

Tu pousses un nouveau cri.

Trop tard.

Tu fixes la route. Tu t'apprêtes à appeler tes enfants. Tu veux parler à Nathan et Juliette et les rassurer, leur expliquer. Ou plutôt leur mentir. « Papa revient bientôt. » Pourquoi mentons-nous tout le temps aux enfants ? Trouver les mots, encore. Tu cherches quelque chose à inventer, mais tu es à court d'imagination. Tu seras de retour dans deux heures, tu improviseras. Tu renonces à rallumer ton téléphone. Tu ne prends pas le risque d'écouter les messages que tes petits t'ont déposés de leurs voix intranquilles ni ceux qu'Estelle t'a peut-être crachés. Tu restes encore un peu livré à toi-même et regardes le château s'éloigner.

Tu cherches ton arme et pointes le canon sur ta tempe. Tu armes le chien. Il suffirait d'un rien pour te sortir de là, ne plus souffrir et t'éloigner du gâchis pour toujours.

Tu baisses ton arme. Tu ne te tueras pas. Tu démarres, direction la capitale, et roules à travers la campagne. Le jour tombe. On aurait très envie de te remuer. De monter dans ta voiture et de te secouer pour te convaincre de revenir dans la vie. Mais t'aider est impossible. Tout geste brusque est inutile quand on est face à un type comme toi. Ça ne sert à rien de parler à un mur.

36

Estelle

Je viens de raccrocher avec Fabrice. Il sent que je ne suis pas disponible, j'espère qu'il comprend, même s'il n'a guère le choix. C'est peut-être un test entre nous. Il cherche à tout prix à être là alors que j'ai besoin d'être seule, et je m'en veux de ça aussi. Je m'en veux de tout et de m'y prendre aussi mal. J'ai besoin qu'il m'attende, qu'il m'envoie du courage, pas qu'il me bombarde de messages sirupeux. À force de rappeler à l'autre qu'on est là pour lui, on devient un poids qui empêche de penser. J'ai besoin d'avoir les idées claires et de retrouver Luigi, de le prendre par la peau du dos s'il faut et de le ramener sur terre, à ses responsabilités, et de passer à autre chose, enfin.

Putain, bordel, Luigi, qu'est-ce que tu fous ? Qu'est-ce que tu nous fais là ? Mon stress retombe sur mon amant, qui se froisse certainement de mon attitude. Je n'arrive pas à faire deux choses en même temps, m'ancrer et larguer les amarres. Je me sens conne et fatiguée… Pitié, pas cette chanson ! Ce n'est pas Barbara à la radio et son *Dis quand reviendras-tu ?* qui vont m'aider à remonter la pente. J'ai envie d'une cigarette. J'ai envie de fumer et de crier par la fenêtre le prénom de cet abruti, de l'attraper et de le foutre dans le coffre. J'ai envie que mes enfants me comprennent, qu'ils entendent que j'ai tout essayé pour sauver ma famille, enfin ce mariage, l'amour avec leur père. J'aimerais qu'ils sachent comme nous nous sommes aimés, j'aimerais graver à jamais dans leur cœur que ça vaut la peine d'essayer même si ça ne marche pas, parce que le temps use et lamine l'amour. D'abord il le revisite, le change, le transforme, mais au bout du compte et en vérité, il le déforme, l'essore, l'épuise et le rétrécit.

Saloperie de temps qui passe. Est-ce pareil pour tout le monde ? Le temps est un nazi qui extermine même le cœur des plus purs et enterre les meilleures volontés dans le formol du confort et de l'habitude. Rien ne dure, et tout s'éteint. On peut aussi choisir de rester pour rester et attendre. On peut tenter de vivre comme des momies, mais pas chez moi, pas avec moi. Chez

Luigi, oui. Dans ce milieu oui, pas chez moi, pas chez nous. Je ne veux pas terminer comme les gens du château. Je ne veux pas mourir d'être là, et n'être plus avant ma mort dans le silence étourdissant des non-dits. Je veux entendre la vie vibrer autour et en moi. Je veux cette existence-là, celle dont on parlait pendant des heures à l'aube de nos vingt-cinq ans avec Luigi, celle à laquelle on a cru et que l'on a crue possible pour toujours lorsque nous nous sommes mariés, avons eu les enfants.

C'est plus fort que moi, sur la route, je refais le match. Je le revois, si jeune, si beau, si conquérant, me prendre ma main, m'enlacer, me protéger et nous garantir. Je nous entends rire, parler, chanter, nous embrasser. J'écoute attentive et émue nos promesses d'invincibilité, nos serments bercer nos nuits, et je nous vois nous protéger. Nous nous sommes tenus à l'écart des escarres du quotidien et des pièges de la vie à deux. Mais ça n'a pas suffi. Quand est-ce que les choses ont commencé à se dérégler entre nous ? Comment sait-on quand la fin germe et que la menace gronde ? Comment faire pour que nos enfants nous comprennent, acceptent sans nous juger et continuent d'aller bien ?

Bordel, Luigi, qu'est-ce que tu fous ?

37

La chaleur retombe un peu. Le jour continue sa descente. Le noir du ciel se retient de lâcher la pluie rare. Tu roules les fenêtres ouvertes comme pour te laver de tout ça. Tu te forces à sourire même si tu es triste à pleurer. Tu penses à tes enfants. La photo d'Édouard s'envole dans l'habitacle et vient se coller sur le parebrise. Sa gueule d'ange et son sourire à bouffer la terre, sa pose hilare face au château. Cette provocation est un signe. Tu ne réfléchis pas quand la rage revient et tu vises la prochaine sortie de l'autoroute pour faire demi-tour. Lui parler, tu dois lui parler pour aller jusqu'au bout du voyage. L'affronter pour sortir du marasme de la maison, le confronter pour comprendre. Tu cours le rejoindre, le pied sur l'accélérateur. Comment Édouard a-t-il réussi à vivre avec ça ? Être ce type duel et menteur à ce point, ce monstre magnifique ? Comment a-t-il pu voler sa propre mère et tout détruire, orchestrer la fin du château, sans même te permettre d'y remettre les pieds une dernière fois ? Comment as-tu pu croire en lui et tant l'aimer, tant l'admirer ? Qui serais-tu aujourd'hui s'il n'avait pas fait irruption dans cette famille ? Il te faut un coupable, et, à cet instant, tu en es persuadé : du choix de ta grand-mère à la douleur de ta mère, jusqu'à ta faille immense et ta manière de tout foutre en l'air, tout est simplement de sa faute.

38

Estelle

— Non je n'ai pas encore retrouvé Papa. J'arrive bientôt pour le récupérer. Arrête de pleurer, Nathan, sois un grand garçon. Ça va aller. Évidemment qu'il va bien, qu'est-ce que tu crois ? Qu'il est mort ? Mais pourquoi tu dis ça ? Mon petit chat, calme-toi, Maman est là. C'est une histoire de grands. Tu comprendras plus tard. Tous les enfants ont des parents séparés. Ça n'existe plus, des parents ensemble pour tout le temps. Je sais que tu n'aimes pas ça, mais tu vas finir par t'y faire. Passe-moi Alexandra. Quoi ? Elle console Juliette qui pleure dans ses bras ? Mais arrêtez deux secondes de pleurer ! Sinon quoi, je vais m'y mettre aussi et alors on sera tous tristes. Ce n'est pas ça, la vie. La vie, ce n'est pas être tous tristes en même temps, parce que les parents n'ont plus envie de vivre ensemble. Ah oui, Papa veut encore ? Mais tu en sais, des choses, mon grand. Écoute, mon chéri, ce n'est pas parce que deux parents ne s'aiment plus qu'ils n'aiment plus leurs enfants. Tu comprends ? Ça n'a rien à voir avec toi, ni avec ta sœur. Ce n'est pas à cause de vous. Je te l'ai déjà dit. Vous n'avez pas à vous inquiéter. Nathan, je vais ramener Papa à la maison, et on vous expliquera tout. Oui, mon cœur, tu peux jouer à la console encore un peu, mais pas trop longtemps, promis ? Moi aussi je t'aime. Dis bien à Alexandra de m'appeler quand elle aura fini de consoler ta sœur, et ta sœur aussi peut me téléphoner ; je conduis, je dois raccrocher. Je t'aime, mon lapin.

Je peux crever d'entendre les petits dans cet état. J'espère que tu es content, Luigi, que ça te plaît de me faire porter le chapeau et la responsabilité du gâchis ; mais n'oublie pas qu'on est deux dans une histoire, deux à tirer sur la corde. C'est ta faute aussi si nous en sommes là, si c'est la panique dans cette foutue famille. On a l'air de quoi devant les gosses, à se courir après sur cette autoroute ? Où es-tu ? Tu crois quoi ? Qu'on est irremplaçable, c'est ça ? Tu veux que je me dise que tu ne peux pas vivre sans moi ? Ah oui, mais comment tu as fait avant de me rencontrer ? Je te le demande, hein, comment ? Qu'as-tu proposé pour changer la donne ? Rien : tu m'as laissée partir ! C'est moi qui pars, mais c'est toi qui m'abandonnes. Tu l'as ? Elle est bien, celle-là, non ? Tu comprends ou pas ? Tu ne veux pas essayer d'être adulte pour une fois ? Je ne sais pas, accepter, grandir. Personne ne remplace personne, tout le monde a le droit de vivre et vivre sans amour est une impasse. Alors facilite-nous un peu les choses, reprends-toi et assume la fin.

Viens, on va parler ! Viens, on va discuter, allez, montre-toi ! Sors du bois ! Mais monsieur n'est pas doué pour les explications. Et quoi ? La vie ne s'arrête pas à un couple. La vie continue, la vie s'assume, la vie est belle. On doit se réinventer et lui faire honneur. Et là, on ne l'honore pas ; là, on lui crache à la gueule. Là, tu lui pisses dessus en disparaissant sans un mot. Bien se comporter quand c'est terminé compte autant que bien se conduire quand tout commence. On s'oubliera, mon amour, on s'oubliera à la fin c'est promis, quand tout s'arrange, tout disparaît. On croit d'abord à l'éternité et on finit par se croiser pour les enfants. C'est aussi con que ça, un couple, quand ça ne marche plus. Un chassé-croisé pour les mioches et très vite plus rien, sauf peut-être quand les enfants ont grandi et qu'il est déjà tard. On en aura perdu, du temps, à se haïr, avant de se recroiser chacun dans son nouveau paradis, au bras d'un autre, au bras d'une autre. Luigi, bien sûr que tu aimeras à nouveau toi aussi, quand tu iras mieux, et alors tu penseras que ça sera pour de bon, et cette illusion te donnera le sourire, et l'envie d'être en vie à nouveau, de rester, pas de te volatiliser, d'ouvrir les portes d'un nouveau château. C'est tuant de se souvenir et d'en rester là.

Je veux avancer et continuer d'y croire.

39

Regarde-toi Luigi ! Mais dans quel état t'es-tu mis ? Hagard au volant, tu fonces vers la forêt et sur cette route de campagne, ta vie encore t'échappe. Reprends-toi. Ne te laisse pas emporter par le passé. Je sais ce que tu penses. Tu aimerais une seconde chance. Un nouvel essai de vie, mais elle ne passe qu'une fois. Il n'y a pas de seconde chance, quand on perd, on a perdu. La résurrection, c'est pour la nature, les arbres après l'incendie, la terre après la folie des hommes. Ceux de ton espèce meurent étouffés de regrets. La généalogie n'est qu'un prétexte, une excuse confortable qu'on se trouve pour alléger sa charge et excuser sa faiblesse. La répétition des schémas familiaux est un ravin facile où sombrer. Aucune histoire ne ressemble à une autre. Seuls les résultats sont les mêmes quand on n'assume pas d'écouter son ventre.

Comme ta grand-mère, tu es resté pour de mauvaises raisons et, comme ta grand-mère, tu as tout détruit autour de toi, ta femme et ta famille. Tu es parti en restant avant qu'Estelle trouve le courage de s'en aller. Quand penseras-tu à lui dire merci ? Ta gueule dans le rétroviseur ne te plaît pas. Et pour cause. Sombre imbécile. Si seulement elle savait. Si seulement quelqu'un pouvait lui dire comme elle se trompe et comme elle a raison. Tu t'en fous, de ce divorce. Ce n'est pas ça qui compte. Ce qui te pèse, c'est que cette séparation te renvoie à ta responsabilité, à ta lâcheté. Tu ne veux pas l'avouer, tu ne peux le nier, le navire coulait depuis trop longtemps. Tu aurais épargné ce naufrage à tout le monde, si tu avais eu le courage de prendre tes responsabilités dans les temps, et t'épargner une grande souffrance, ce sentiment d'avoir tout gâché. Voilà le résultat de la peur d'aimer. Lorsqu'on reste enfermé dans les murs décrépis d'un château, on pourrit. Une vie de famille sans amour est un confort empoisonné. À avoir peur de tout perdre, on finit par tout perdre. Regarde-toi Luigi, scrute ton errance. Avoue : ce n'est pas la vente du château ni le départ d'Estelle qui te blessent et te donnent envie de te foutre en l'air, c'est juste d'être passé à côté de la vie, de t'être contenté de la frôler. Tu as vu ? À force d'éviter d'avoir mal, on se blesse. Tu n'es pas en état de comprendre. Tout juste d'appuyer sur l'accélérateur pour retrouver Édouard et lui faire payer l'addition de tes choix. L'inachevé t'accompagne dans cette quête. Assis à la place du mort. Les souvenirs ne peuvent rien pour nous. Il faut se résoudre aux adieux.

40

Estelle

« Le couple, le couple, le couple. La vie, la vie, la vie. Mon cul, mon cul, mon cul ! » Elle est bien ma chanson. Alors je chante. Je crie. Et je me marre. Je me reprends. Mieux vaut en rire qu'en pleurer. Et quoi ? Le progrès, les applications, l'algorithme, les rencontres, et à la fin, progrès ou pas, toujours la même arnaque. À force de tout miser sur l'amour, on se détruit. C'est ma conclusion, là, au volant. Mais qu'est-ce que je dis… et qu'est-ce que je fous là ? Tout miser sur un « nous » et perdre au « je »… Je suis paumée, là. Franchement, qu'est-ce qu'on m'a vendu ? Du vent. La vie, c'est sans parachute, et personne ne peut rien pour personne. La vie de famille ? Tu parles d'une consécration. Un esclavage, oui, sûrement à la fin, à un moment en tout cas. L'aliénation. Perpétuer l'espèce pour mieux se perdre et se fondre dans un mythe foireux, la belle affaire. Tu vends du rêve, ma belle. À refaire, je reste seule, et j'envoie balader tous les cons. Mais non, c'est des conneries aussi de dire ça. Enfin, ma vieille, reprends-toi. Tu aurais l'air de quoi, seule ? Ah oui, on est toujours seul mais avec un autre, une autre, des autres. Seuls ensemble ! Coucou chéri, est-ce que tu m'aimes ? Petit bâtard.

C'est le mystère et la grande question. Comment vivre sans empoisonner les liens qui nous unissent ? Aimer ne fait pas de belle jambe, mais transforme un sprinter en cul-de-jatte. Fabrice ne sera pas mieux que Luigi à la fin, mais mieux que Luigi au début. Et moi ? Je suis comment ? Quelle femme, quelle mère, quelle maîtresse ? Quelle conne ! Je parle toute seule au volant, j'ai peur de ce qui m'attend alors que j'en ignore tout. On m'a parlé de construire depuis que je suis née, on m'a répété mille fois quand j'étais môme cette nécessité, l'importance de bâtir quelque chose, pour donner du sens. Mais ça n'a plus aucun sens, j'ai échoué. Je n'ai pas su forer suffisamment profond pour m'ancrer pour toujours. Qui peut ça ? Qui sait être quelque part et avec quelqu'un « forever » ?

Je dis n'importe quoi, je fais n'importe quoi. Mais je crois encore que quelque chose peut changer en moi, que rien n'est joué. J'ai de l'espoir. Un espoir infini. Quelque chose de grand à l'intérieur qui m'appelle. Un loup dans mes yeux, qui hurle dans mon ventre. Je suis pleine de ce chant. Mais quand même, j'aurais préféré qu'on m'avertisse. Que les parents me tuyautent un minimum, m'informent et me préparent pour mieux affronter les mirages de la vie de famille. Cet amas de contraintes et de joies, cette arme à double tranchant n'est pas à mettre entre toutes les mains. Pourquoi est-ce à la portée de n'importe quel blaireau de prétendre vivre à deux, et de se reproduire ? Tu parles que la planète est au bout du rouleau.

Hé, les parents, on étouffe, là, vous avez foutu quoi ? Au lieu de surveiller les devoirs, apprenez-nous à vivre sans nous leurrer. Je ferai comment, avec les enfants ? Nathan, Juliette, on s'en fout de l'école puisque le monde est immonde et qu'il va crever. Sauvez-vous, apprenez à vous connaître, à vous améliorer, et ne vous laissez pas piéger par le système, un couple, un boulot, une maison, et la misère dans le coffre de la Twingo.

Inventez et soyez vivants !

Je disjoncte. Mais je m'en fous. Je vais aller au bout de ma connerie. Récupérer le père, le ramener à ses mômes et me barrer avec un autre. Je tâcherai d'être heureuse au moins un peu, pour moi, grâce à moi, et je romprai enfin avec cette idée fausse que mon bonheur est entre les mains d'un homme, d'une femme ou d'un âne. Aucune main n'est digne de confiance pour porter dans son creux la clé de cette porte-là. Si j'avais compris ça avant, je me serais mieux respectée, je ne serais pas là à chercher mon chemin et la sortie de cette autoroute. Je rassemblerai mes forces pour vivre sans culpabilité et je sortirai mon loup de mes tripes.

Bordel, Luigi, qu'est-ce que tu fous ?

41

La maison est au bout de l'allée. Tu roules au pas sur le chemin de terre cabossé, entouré de fougères, de grands pins et d'arbres centenaires. Cette forêt dense, touffue et sablonneuse dont Édouard connaît chaque recoin. Pourquoi as-tu besoin de le voir ? Qu'attends-tu de cette confrontation ? Qu'as-tu à ajouter ? Qu'as-tu besoin d'entendre ? Des images se superposent. Un camion de déménagement s'arrête, des hommes sonnent à la porte ; Édouard leur ouvre et leur montre le chemin. Ils vident chaque pièce du château, l'une après l'autre, comme des automates. Tu assistes à la scène mais personne ne remarque ta présence ; tu es invisible, tu ne comptes pas, tu n'as aucun poids, ça ne te regarde pas, ne t'appartient pas, tu n'as fait que grandir ici et croire en des choses qui n'existent pas. Tes souvenirs d'enfance, tout le monde s'en fout. Qu'est-ce que tu crois ?

Quand vas-tu comprendre ? Ça ne sert à rien, les souvenirs, les regrets et la nostalgie. Les maisons et les histoires de famille qui nous ont vus naître deviennent, avec le temps, les cimetières de nos espérances. S'y recueillir est le meilleur moyen de se perdre. Avancer est la seule solution. Tu as encore le temps de rebrousser chemin.

Rien à faire.

Le son d'un marteau qui adjuge résonne dans ta voiture.

Tu n'étais pas à la vente aux enchères le jour où Édouard a tout liquidé. Mais, miracle de la modernité, tu as pu tout suivre sur Internet. La tête du commissaire-priseur en gros plan lui donnait des airs de boucher, il était rouge sur ton écran, et sa cravate était bleue. La raie bien peignée, il faisait son boulot de bourreau, et, sur l'échafaud de tes souvenirs, son marteau pour guillotine, tranchait au plus offrant. On pouvait se payer ton enfance en levant la main, ou en tapant simplement le montant d'un objet en ligne sur un site Internet. Enchérir pour une centaine d'euros sur tes années à côtoyer, souvent sans même les voir, ces reliques. Et ça partait de partout à vil prix ou très cher, qui pour quatre pique-cierges en bronze argenté montés en lampe, qui pour une table bouillotte en bois teinté acajou, ouvrant à deux tiroirs et deux tirettes, pieds fuselés, cannelés et rudentés. Qui pour des œufs en pierre dure, un petit porte-monnaie, un sceau à cacheter, des tableaux des ancêtres. Qui pour des cadeaux que tu avais toi-même offerts à Édouard à Noël. Infiniment petit, infiniment grand, tout devait disparaître, et peu importe si certaines pièces balancées de la salle des ventes au cyberespace étaient dans ta famille depuis la nuit des temps. Éparpillé façon puzzle, ton château s'effondrait. Ni remords ni regret, terre brûlée jusqu'au plus intime, comme les albums photos d'avant-guerre de ta grand-mère à l'époque où elle vivait encore dans un vrai château.

— Album de dix-huit photographies contre-collées sur carton « week-end 15-16 octobre 1938 » : vache, chien, portraits, sphinx, parc, vue panoramique… On commence à 40 euros ! Qui dit mieux ?

Et tu as éteint ton ordinateur. Tu n'es pas resté jusqu'à la fin du grand dépeçage, et tu n'as pas entendu les derniers restes de la maison, poignées de portes et ampoules, partir pour quelques euros.

D'abord un point, puis une forme, puis une silhouette. Édouard est sur le pas de la porte et s'avance, les bras chargés de provisions. Cette fois, tu ne t'arrêteras pas juste avant pour approcher à pas de loup. Tu klaxonnes pour t'annoncer. Son visage est une barbe grise ; de là où tu es on dirait un vieillard que la splendeur a abandonné. Il suffit parfois de pas grand-chose pour basculer dans une autre dimension, passer de la flamboyance à la misère en un claquement de doigts. Un revers de fortune, le vent qui se lève, la tempête. On a tendance à l'oublier : rien ne nous appartient jamais pour toujours, ni les autres, ni nos biens, ni notre statut. Seule notre âme.

42

Estelle

— Qu'est-ce que tu veux que je te dise, l'autoroute, quoi. Non, pas encore, mais écoute, ça roule. J'y serai d'ici une heure, enfin moins j'espère. Ne t'inquiète pas. Merci de rester avec les enfants. Tu es vraiment la meilleure des amies de tout l'univers. Il a arrêté de m'écrire, mais je crois que Fabrice aurait été capable de venir avec moi pour chercher Luigi. C'est fou d'être… Oui, c'est toujours pareil au début. Le mec est prêt à voyager dans le coffre pour tes beaux yeux puis au bout de six mois, c'est toute une histoire pour descendre chercher une baguette à la boulangerie. Et nous ? Ben, on y retourne. On continue à croire que ça peut marcher. Change de mari, de compagnon, d'amant, de ce que tu veux, ma belle, c'est toujours ton

Rimmel qui coule à la fin. Un homme reste un type qu'on découvre quand tout est terminé. On devrait arrêter de se casser le dos avec toutes les conneries qu'on se raconte sur l'amour, non ? Alex, une bonne colocation avec les enfants, ça te dirait ? Une vie bien pénarde entre meufs et des histoires de bonshommes pour garder la main et se marrer. Tu vois, toi, par exemple, tu as parfaitement réussi ta séparation. Ton mari n'a pas disparu en pleine nuit en te faisant porter tout le poids de la responsabilité de la décision. Non mais sérieux ? OK, t'avais pas d'enfants. Oui, ça compte. Les enfants sont des super otages pour la conscience des parents, enfin surtout celle des mères, des pères moins. Il y a des pères qui n'ont jamais aimé autant leurs enfants que lorsque leur femme s'est barrée avec un autre. Je suis sûre qu'on caricature à peine. Pourquoi c'est toujours celui ou celle qui s'en va le salaud dans une histoire ? Pourquoi ce n'est pas aussi parfois celui qui reste ? Pourquoi ceux qui restent en couple sans plus rien en avoir à foutre et sans plus rien respecter à commencer par eux-mêmes sont toujours au-dessus de tout soupçon et passent au-dessous des radars de la culpabilité, alors que ce sont eux, les méchants ? Non ? Ce sont eux, les terroristes de l'amour. Vas-y, ma belle, c'est pour un sondage : à ton avis, autour de toi, qui reste par choix, qui reste par obligation et manque de courage de s'en aller pour être heureux, vraiment ? Hein ? Tu dis quoi ? Tu vois le ratio ? Surprenant, non ? Et je ne te parle pas de ceux qui se racontent qu'ils aimeraient partir, mais ne peuvent pas. « Ne pas pouvoir », ça, c'est le must. « Je ne peux pas » pour elle, pour mes enfants, pour ma famille… Ça me rend folle. Tu sais quoi, Alex ? Ne pas pouvoir, c'est ne pas vouloir. Point barre. Et parfaitement, ça m'arrange de penser ça, là maintenant, et je te rassure, et c'est le plus dégueulasse, ça ne m'empêche pas de me sentir coupable et responsable de ce qui arrive au père de mes enfants. Et j'ai envie de vomir, tellement je suis mal, et j'ai envie que cette journée se termine. Putain, ma belle, je te jure, je voudrais juste que tout rentre dans l'ordre et pouvoir comme des milliers de femmes aujourd'hui heureusement choisir ma vie sans qu'on m'emmerde. Hum ? T'as raison, il n'y a peut-être pas des milliers de femmes qui peuvent choisir leur vie encore aujourd'hui. Des centaines alors ? OK, des dizaines. C'est dingue. On a beau avoir eu #metoo et avoir libéré la parole – ce que je déteste cette expression ! –, on n'a rien libéré du tout. On reste des proies dès qu'on décide de se barrer, et nos gosses des monnaies d'échange. On reste des proies, je te dis, et les prédateurs, c'est d'abord nous et tout ce qu'on se raconte qui n'existe pas, le pouvoir que l'on donne à l'autre et le crédit que l'on apporte au temps qu'on a passé ensemble, alors que ce temps ne compte pas, puisqu'il est perdu désormais. Il est perdu à jamais, dès que le désir d'aimer s'est volatilisé. Elle est là aussi la violence.

43

Les arbres autour ressemblent à des statues de pierre, les animaux ne sont plus que silence, la chaleur a figé la forêt. Toute la campagne retient son souffle en attendant l'orage. Elle ressemble à une image arrêtée ; une allumette aurait le pouvoir de tout anéantir, l'eau de tout ressusciter. Le monde est à un carrefour et la nuit attend de descendre pour prendre le relais sur le jour desséché.

Il n'a pas attendu que tu sortes. Ni pris la peine de vérifier que c'était bien toi. Édouard a haussé les épaules, et il s'est engouffré dans la maison. Tu l'as vu rentrer ses sacs de courses, sans s'inquiéter de la présence d'un visiteur et de ta voiture. Tu observes cette vieille ferme plantée là depuis des années, les murs décrépis, recouverts par endroits de vigne vierge, le toit gondolé par le temps et les intempéries, bouffé par la mousse, les volets vieux et bringuebalants auraient besoin d'un bon coup de peinture, les carreaux d'une fenêtre sont cassés comme si quelqu'un avait jeté des pierres pour entrer, l'herbe est haute et jaunie tout autour, un tas de bûches est posé le long d'un muret qui fait office de réserve de bois. La cheminée s'écroule. Cette maison semble à l'agonie, le prochain coup de vent n'en fera qu'une bouchée.

Tu sors de ta voiture et prends tes affaires avec toi. Le sac de lettres pend à ton bras et la voix de Virginie t'accompagne :

« Tu veux la vérité ? Tu fais peur. »

Il a laissé la porte ouverte et un filet de musique court vers toi. Mozart, *Les Noces de Figaro*, l'ouverture. Et ton pas décidé laisse derrière toi un nuage de poussière. Aucun signe, seul ton cœur accélère. Qu'avez-vous encore à vous dire après ça ? Tu penses à Estelle, à Juliette et Nathan. À ta famille en vacances au château, à tout ce que tu n'as pas voulu voir autour de toi depuis le début, les trompe-l'œil et les évidences, la haine tue, et le manque d'entretien de cette maison qui t'a connu heureux et innocent. Tu penses aux mensonges, aux mythes que l'on se raconte, aux confessions sourdes de ta grand-mère, au grand écuyer en exil, au sourire de cet oncle qui a tout balayé et a rayé de la carte l'histoire de votre famille qui n'était pas vraiment la sienne. Tu penses à ce qu'on ne t'a pas dit, et à tout ce que tu as tu à ton tour, aux autres, aux tiens. À l'amour inachevé.

Il a laissé la porte ouverte, comme une invitation. Son ombre passe, furtive. Tu aperçois une tour de cartons empilés. Ce n'est pas une petite maison perdue dans la forêt, c'est à tout casser un tombeau.

Tu te tends.

44

Estelle

La couleur de ce ciel ne me dit rien, ça va péter ou quoi ? Dans quelle galère je me suis foutue… Je n'ai jamais retenu la route pour aller là-bas. Et plus je me rapproche du château, plus mon ventre se tord. J'ai mis un foulard dessus. Ça remonte là, maintenant et j'ignore pourquoi. J'ai tout bien camouflé pourtant et j'ai attendu que ça passe. J'ai toujours su me montrer patiente. Trop ? Certainement.

J'appuie sur l'accélérateur, j'y serai dans moins de quarante-cinq minutes. Et tu vas me faire le plaisir de me suivre. Qu'est-ce que tu crois ? Il est temps de me respecter. Je ne te parlerai pas de ça ; je ne te dirai pas que c'est toi qui as ouvert le bal des festivités et que tu es à l'origine du grand chambardement de nos vies.

Ça ne sera pas ton procès, chéri. Mais ça me revient si clairement. C'est limpide tout d'un coup. Et j'ai cousu ma bouche, j'ai préféré ne rien dire. Je savais tout. Je t'ai vu pendant ces longs mois et je me suis terrée dans un terrible silence. Je t'ai permis de vivre ce que tu avais à vivre, j'ai respecté ça. J'ai pensé que l'amour, c'était aussi savoir fermer les yeux. N'importe quoi. C'est tout l'inverse et les ouvrir en grand. Je t'ai attendu, pour nous, pour les enfants. J'ai attendu que ça passe, que cette histoire se termine. Je savais que tu finirais par disparaître et ne plus lui donner signe de vie. Je savais que tu arrêterais un jour d'avoir ce regard-là en notre compagnie, d'être porté disparu au sein de notre clan, de consulter tard le soir ton téléphone, de t'enfermer avec dans la salle de bains ou de bon matin dans les chiottes. J'ai tant espéré. Je savais que vous vous écriviez, j'imaginais ce que tu vivais, et j'ai même essayé de me mettre à ta place, et j'ai prié pour que tu t'en sortes sans trop nous blesser les enfants et moi. J'ai eu mal, très mal et j'ai pris ta douleur avec moi, car je me suis dit que tu en avais besoin, que tu avais besoin de nous au fond et profondément et que si je bougeais, tu te sentirais piégé, que si on ne peut pas renoncer, on peut décider. Cette histoire était peut-être là pour te l'enseigner : une vie ne suffit pas à vivre toutes les vies que l'on attend, mais être libre c'est choisir et se tenir à son chemin. Tu n'as jamais été jusque-là, Luigi. Tu as préféré regretter d'être resté avec nous comme tu aurais regretté ton choix si tu avais fini par la suivre. Mais comment n'y ai-je pas pensé plutôt ? C'est évident. C'est depuis cette affaire que tu as commencé à sombrer. Depuis ce moment que tu n'es plus toi-même, et cette histoire de château n'est qu'un leurre. La vente n'a rien à voir avec ça. Une maison de famille n'a pas ce pouvoir-là, tout détruire. Seul l'amour en a la capacité. Je n'ai parlé à personne de cette période et de cette longue descente aux enfers. Elle ne se conclura, j'en suis sûre désormais, que grâce à mon seul courage et ma seule volonté. Nous sommes la conséquence de nos actes, et vois-tu, mon mari, nous avons perdu. Je ne viens pas te chercher pour te récupérer, je viens pour que tu assumes enfin ta vie et me libérer de nous.

Cinquième partie

Deux ans plus tôt

45

Édouard

Le vent rafale et fouette l'entrée du cimetière. La haute grille couine en un bruit sourd. Au portail, la petite guérite n'est plus qu'un abri de fortune au toit éventré. Elle sert à entasser des sacs de sel et de gravillons pour empêcher les vivants de glisser dans les allées gelées des tombeaux. Le froid sec qui claque dans cet antre des morts a découragé les meilleures volontés. Édouard est seul. Il erre au milieu des tombes ; un rayon de soleil timide étire mollement son ombre sur le flanc des caveaux. Il a froid.

Il s'avance d'un pas vers celui de la famille. Sa mère repose à côté du général. Depuis qu'il a repris la maison, il passe lui rendre visite dès qu'il peut. Le jour de sa mort, Édouard a trouvé une enveloppe. Tout était consigné noir sur blanc. Il avait promis à sa mère de suivre ses dernières volontés, et elle n'avait jamais manqué une occasion de lui rappeler, il devrait être là le moment venu et suivre scrupuleusement sa seule instruction. Rompant avec les rites de la famille, la grand-mère de Luigi avait choisi la crémation et demandé à Édouard de partir répandre ses cendres aux États-Unis, à l'adresse où, enceinte de lui, elle aurait dû se rendre pour retrouver son soldat et démarrer une nouvelle vie. Elle voulait reposer là-bas, des années après traverser enfin l'Atlantique. Elle comptait sur Édouard pour l'escorter et n'exigeait rien d'autre, pas même de perpétuer l'existence du château. Elle l'encourageait même à tout liquider derrière lui, mettre la clé sous la porte et s'enfuir loin de cet « endroit maudit ». D'un trait de plume, elle rappelait à son fils qu'elle avait fermé les yeux sur sa gestion hasardeuse du château depuis qu'il en avait pris les commandes. Elle n'était pas dupe. Édouard avait englouti les dernières réserves financières de la famille, détourné tout l'argent qui restait pour assurer son train de vie et investir dans des affaires bancales. Elle lui pardonnait volontiers ses excès et cette ruine, à condition qu'il emporte ses cendres là-bas, dans le jardin d'une maison qu'elle n'aura donc jamais vu, le jardin du rendez-vous manqué de sa vie.

Le vol était réservé pour le soir et, avant de transférer les cendres de sa mère, il a pris le temps de se recueillir.

— C'est le moment de tenir parole. Je t'emmène ce soir. Le château est vendu. Après ? Il ne me restera plus qu'à partir. Où ? Bonne question. J'emporterai mon secret avec moi. Je n'ai pas le courage de parler à Luigi. Il ne comprendrait pas et sa mère non plus. Je dois bien ce silence à ma sœur, enfin cette demi-sœur, la moins pire des trois, tu me diras. Nous ne sommes plus que deux à savoir. Je suis né du mensonge et je pars avec le mien. C'est drôle, non ? Il ne restera rien du château.

Je n'avais jamais cherché à retrouver ton Américain. Mais à ta mort, je ne sais pas pourquoi, je l'ai fait. J'ai découvert qu'il avait habité la même maison jusqu'à sa disparition, il y a sept ans. Mon père ne s'est jamais marié et n'a jamais eu d'autre enfant, c'est fou. Il est enterré dans le cimetière de cette petite ville. Il n'a jamais tenté de nous contacter, n'est-ce pas ?

Quel beau gâchis. Tu vas enfin pouvoir le rejoindre.

Je disperserai tes cendres sur sa tombe et vous serez enfin réunis.

46

Estelle

J'ai l'impression d'avoir seize ans. Et c'est bon. Mais qu'est-ce que je fous à traîner au lit dans cette chambre d'hôtel ? Je n'ai aucune envie de m'arracher d'ici. Et je regarde son corps déployé. Fabrice s'est endormi. Il est si beau quand il dort. J'allume une cigarette à la fenêtre. Je suis morte de trouille. J'aimerais que ce moment ne s'arrête jamais et le graver pour toujours. Il neige. C'est beau, ces flocons qui tombent. On dirait que le ciel est déterminé. Ils restent collés sur le trottoir. Quelle heure est-il ? Je dois rentrer, mes enfants m'attendent. Quelle mère fait ça ? L'amour l'après-midi avec un autre homme ? C'est lui, aussi. Depuis qu'on s'est rencontrés, je ne sais pas… Je ne m'appartiens plus. Alimentée, aimantée, assoiffée. J'ai seize ans, pas trente-huit.

Quelle conne. Je suis si bien et si mal. Luigi… Je ne peux pas l'appeler pour lui dire que j'arrive. Je ne veux pas que ma voix me trahisse.

Je veux juste vivre ce moment encore. Ce moment doux comme la neige, et jouir encore sous le poids de cet amant.

J'aime tellement être avec lui. Je lui raconte tout ; cette impression de se connaître depuis toujours. Fabrice me sait depuis la première seconde où la vie nous a réunis. Je suis amoureuse. Je me donne et me confie à lui. Noblesse oblige ? Surtout de se raconter des histoires, de se mentir et de mentir à tout le monde. Je ne me serais jamais crue capable d'une chose pareille. Regarde-toi, Luigi. Depuis le temps que j'encaisse. Et toi qui crois que je ne vois rien. Mais pour qui tu te prends ? J'arrive. S'habiller quand on veut rester nue, c'est une torture. N'est-ce pas ? Tu connais ça ? Mon Dieu, qu'est-ce qui m'arrive ? Qu'est-ce que je fous là ? J'ai l'impression de ne plus rien contrôler. Quinze ans que je me tiens. Ne pas me blesser ni blesser. Rouler sur les épaules. Je suis perdue, un peu, beaucoup, totalement. C'est si bon.

47

Luigi

Le ciel est blanc, et le manteau de neige tient tout autour. Le salon n'est éclairé que par l'écran de télévision. Estelle n'est toujours pas rentrée. Tu regardes ta montre. Nathan et Juliette sont dans leur bain. Tu les as récupérés à l'école, tu leur as préparé à goûter, ils ont joué, tu as surveillé de loin tes enfants et lancé sur ton ordinateur cette chanson de Leonard Cohen. *Dance Me to the End of Love*. Tu as essayé d'écrire un peu, en vain. Tu t'es servi un verre, tu t'es collé au carreau et tu as regardé les flocons. Tu as pensé à ton enfance, à ceux du château, et tu as commencé à trembler à cause de ta décision. Il va te falloir rendre des comptes. Choisir, c'est toujours se justifier. Pourquoi ? Tu te poses la question. Tu aimerais être encore un enfant, pas ce sale con d'adulte insatisfait qui se noie, les yeux perdus dans la neige. L'insouciance est déjà loin.

Tu as le cœur lourd. Tu croques dans une pomme et tu la jettes aussitôt ; tu ne peux rien avaler. Tu aimerais sublimer tout ça et être un homme courageux qui assume. Tu refais dix fois la conversation que tu vas avoir avec Estelle quand elle sera enfin rentrée, qu'elle aura posé ses affaires et commencé à se détendre après une journée de boulot difficile. Ou bien sera-t-elle d'humeur légère, transportée par une bonne nouvelle qui marquera son visage de ce sourire qui n'appartient qu'à elle ? Se doute-t-elle de quelque chose au moins ? Se doute-t-elle de ce que tu t'apprêtes à lui annoncer, une fois le dîner terminé et les enfants couchés, bordés, embrassés ? Peut-être qu'elle sait déjà tout. Peut-être que, pour retarder encore un peu l'échéance, tu éprouveras le besoin de lire une histoire à Juliette et d'embrasser plus longtemps Nathan. Se ruer dans la peau douce d'un enfant tanne le cuir de la culpabilité. Combien de verres te faudra-t-il pour assurer ? Qu'est-il bon de dire dans ces cas-là ? Comment choisir les mots ? Existe-t-il des phrases toutes faites ? Un catalogue à télécharger ?

Estelle n'est toujours pas rentrée. Tu regardes ta montre. L'autre aussi certainement à l'autre bout de la ville a les yeux rivés sur la sienne. L'autre qui t'attend et qui y croit. Tu vois la scène se dérouler devant toi, et tu rêves d'un saut dans le temps. Tu rêves d'être déjà deux ou trois ans après la déflagration. Rompre. Tu parles d'une équation. Une formalité pour certains, juste l'Everest pour toi. Respire. Arrive toujours un moment dans ta situation où décider, c'est choisir sa vie. Tu es amoureux de cette fille, tu veux la rejoindre. C'est plat. Ta valise est prête, tu es faible. Il n'y a plus qu'à bien choisir tes mots et disparaître. Laisser derrière toi Estelle et les enfants sous le fracas, les tremblements, la poussière. Sois rassuré, ça ne dure pas toute la vie, l'onde de choc, parfois ça se retourne même contre celui qui part. Celui qui part est le grand perdant.

Tu regardes ton téléphone. Un dernier message à l'autre. Si tu t'y prends bien, tu seras consolé dans la nuit. Tu sécheras les larmes de ta décision sur son épaule nue, tu épongeras ta cruauté dans son cou, tu cacheras ta peine dans sa chevelure et tu ressortiras en homme neuf. C'est tellement ordinaire. Si savoir recommencer est un art, s'échapper dans les règles en est un autre. Tu n'as pas le mode d'emploi des ruptures et c'est d'autant plus grotesque que tu n'as aucune raison objective de rompre ce soir. Juste le désir de retrouver la fille qui te met dans cet état, ce drôle d'état qui ne dure pas, puisque tout passe. Surtout le désir, et le désir est capital. Le désir, c'est la vie. Le désir est un coup d'État.

Cette pensée te fait sourire un peu. Estelle va rentrer d'un moment à l'autre. Tu vas devoir lui parler. Comment lui dire adieu ? La sonnerie du téléphone te fait sursauter. Ton cœur s'accélère. C'est ta mère. Ce n'est que ta mère. Ta mère et sa mélancolie. Ce n'est pas le moment. Mais tu décroches quand même et tu te tais.

— Édouard a vendu la maison.

Quand tu raccroches, un bruit de clé dans la serrure. Estelle a le feu aux joues à cause du froid dehors et de la neige, sûrement. Peut-être. Pas sûr. Tu t'en fous. Elle n'a pas retiré son manteau quand elle te demande ce qui se passe ici. Assis sur le canapé, tu regardes ta femme, échouée debout devant toi.

Tu t'apprêtes à lui annoncer que tu dois lui parler, ton sac est prêt. Des pas dans le couloir. Nathan, Juliette. Les enfants qui courent. Tu veux t'enfuir. Et tu restes assis.

— Luigi ?

— Quoi ?

— Qu'est-ce qui se passe ? Tu en fais une tête…

— Édouard a vendu la maison.

Sixième partie

Aujourd'hui

48

Fabrice

J'ignore dans quoi je fous les pieds. C'est mieux que je sois là, si jamais. J'ai tout mon barda si ça tourne mal. Pourvu qu'elle ne repère pas ma voiture. Estelle serait furieuse si elle savait que je l'ai suivie. C'est plus fort que moi. Déformation professionnelle. L'armée, tout ça. Parano ? Peut-être. Ou alors c'est l'amour. Je n'en sais rien. Je sais seulement que ce n'est pas plus mal que je fasse la voiture-balai. Cette femme est un diamant brut et mon instinct m'a dit de la suivre quand elle est partie te chercher, mon vieux Luigi. C'est fou, ce qu'elle a besoin de parler. Elle a besoin de dire les choses qu'elle a trop longtemps gardées pour elle. Il faut que ça sorte. Je peux l'écouter des heures. Rien à faire, juste l'observer, la regarder vivre, lui faire l'amour, et après la libérer de tout ce que la vie a entassé à l'intérieur. Son cœur est un garde-meuble qui prend la poussière et moi un explosif. Il était temps que j'intervienne. Je suis son nettoyage de printemps. Je l'écoute. Depuis deux ans ! Je ne m'en lasse pas. J'aime sa voix éraillée, son timbre sur le fil. Je la libère, travail d'orfèvre. Parfois elle fond en larmes, parfois elle se retient. Elle éveille mes sens et ma curiosité. Se faire tant de mal, ce n'est pas humain. C'est quoi toutes ces conneries qu'on se raconte, et le pouvoir que l'on donne aux autres ? Je n'ai pas grand-chose à faire, ça sort tout seul, les confidences. Et tu sais quoi, Luigi ? J'ai l'impression de te connaître un peu mieux chaque jour. Enfin. Je rentre dans ta tête, je te vois, je ne fais pas seulement bien l'amour à ta femme, j'apprends à te redécouvrir depuis tout ce temps. À travers nos échanges, à te regarder vivre à nouveau, fonctionner, et même à devenir toi. C'est mieux de savoir à qui on a affaire quand on prend la femme d'un autre. On ne sait jamais, vois-tu ? Un jour, je rencontrerai tes enfants. Ils vont m'adorer. C'est juste une question de temps.

Luigi ? Tu me reconnais ?

Bien sûr que non. J'ai toujours été invisible pour toi. N'essaye pas de chercher. Tu ne m'as jamais calculé. Et pour cause : les gens comme toi ne voient rien, on ne leur a pas appris à faire attention aux autres, encore moins aux petites gens. Évidemment, je garde ce secret pour moi. Je n'allais pas dire à Estelle que je connaissais par cœur le village où elle partait te chercher. Elle ne sait d'ailleurs pas grand-chose de mon enfance. Je n'aime pas répondre aux interrogatoires. Je change de sujet chaque fois, comme j'ai changé de nom à l'armée. Je tiens à cette nouvelle identité. Et c'est tant mieux.

Ah, l'enfance ! Le point de départ de toutes les humiliations. Tu ne dois même pas te souvenir de moi. Toi, l'enfant roi du château. Le noble. L'arrogant. Le fils des privilèges et de la bonne société. Combien de fois es-tu passé devant moi sans me voir ? Combien de fois es-tu entré dans l'épicerie de mon père avec ton air hautain, de celui qui a tout, sans un regard pour ton environnement ? Je m'en souviens encore, du bruit de ta mobylette. J'ai tellement rêvé d'en avoir une pareille. Je n'en ai jamais eu ; on n'avait pas les moyens, chez moi. Tu étais le petit-fils de là-haut et de la haute, et moi le fils d'en bas. Toi le prince, moi le souillon. Je te regardais comme on convoite la première marche du podium. Et me voilà des années après dans ton lit, enfin presque. La vie est bien faite, non ? La roue tourne.

Tu sais comment je t'ai retrouvé ? En passant devant une librairie. J'ai acheté ton livre, et je t'ai reconnu sur la photo. Ensuite, j'ai tapé ton nom sur Internet, pour en savoir davantage. Je n'ai pas trouvé grand-chose, juste une photo de toi avec elle, avec Estelle, le jour où tu fêtais la sortie de ton bouquin. Je l'ai trouvée bouleversante avec ses grands yeux bleus un peu tristes et je me suis dit que ça devait cesser. Que tu ne pouvais pas tout avoir tout le temps, le château, le succès, et cette femme à ton bras. Moi aussi j'avais le droit d'en croquer, le droit au bonheur, ça suffisait, ce déséquilibre et cette injustice. Je venais de quitter l'armée, vingt-cinq ans au service de la France et de toutes les guerres, spécialiste des explosifs, pour protéger des gars comme toi, assurer leur bien-être et leur prospérité avant de me retrouver une main devant, une main derrière, sans un merci de l'État, sans un rond pour aller plus loin. Heureusement, les mecs comme moi, les anciens de la Légion, ça vaut un peu d'argent dans le privé, la sécurité, ces choses-là. Et aujourd'hui je suis pas mal, je suis refait, bien au chaud dans cette société qui engage des gardes pour protéger les chantiers.

FABRICE

Ta femme, Estelle, je l'ai pistée pour mieux te retrouver toi. Internet, encore une fois, les réseaux sociaux. J'ai étudié son profil, ses goûts et ses couleurs, et je me suis mis sur sa route, un matin. J'ai convoqué le hasard et le hasard a bien fait les choses. Comment ? Oh, coquin. Devine. Allez, je t'aide. Je l'ai attendue en bas de son bureau et j'ai arrangé les choses. Elle était tellement triste. Tellement mal de vivre ce que tu lui imposais depuis des mois que ça n'a pas été difficile de créer une rencontre et de l'embarquer dans ma vie. J'ai vite compris en parlant avec elle que tu voyais quelqu'un d'autre et que tu méprisais tes valeurs comme les tiens ont méprisé les leurs toute leur vie, à l'abri du château et de leurs certitudes. Faites ce que je dis, pas ce que je fais. Sacré programme. Sale menteur. C'est vrai, au départ, j'ai manipulé Estelle pour me rapprocher de toi et prendre ma revanche en allant braconner sur tes terres. Nous sommes heureux, tu sais. C'est bon de te tenir dans mes mains… enfin, façon de parler. Ah, j'y pense… un hôtel. Ton château, je peux même dormir dedans et m'y taper ta femme, si je veux. C'est rigolo. Si on m'avait dit ça un jour. 120 euros ? Ce n'est pas donné, quand même. Sérieux, Estelle a raison, il est temps d'en finir avec cette baraque. Si tu veux, je t'aide.

49

D'abord la musique et cet air d'opéra. Édouard continue à fourgonner. Il n'a pas l'air vieux, il l'est. Le temps a enseveli sa jeunesse, mais sa beauté demeure, il a toujours cet air au-dessus de tout, amusé, léger comme loin du fracas du réel. Édouard ne changera jamais et tu es fasciné de le constater. Qu'il ait perdu ou gagné, rien ne semble pouvoir l'atteindre, alors toi… Il fouille dans ses poches et extrait une cigarette d'un paquet, ses premiers mots sont pour te demander si tu as du feu. Avant même que tu ne lui répondes, il sort un briquet de sa poche et l'allume. Il tire une bouffée qui n'en finit pas. Encore un silence et la musique qui monte dans cette maison décatie, envahie par des montagnes de cartons, disposés dans la pièce principale autour d'une table en bois et de bancs simples et rustiques. On est loin de la splendeur du château, des commodes marquetées, des consoles demi-lunes, des paires d'appliques en bronze doré accrochées au mur pour éclairer les grandes pièces. On est à des kilomètres des portraits des ancêtres et des bergères XVIIIe. On est dans la vie d'un homme seul qui n'a plus rien à perdre. Il chausse une paire de lunettes et, tout en tirant sur son filtre, fait mine de lire un prospectus. Tu ne le vois pas venir, c'est toi qu'il vise.

— Quel chef-d'œuvre. Mozart, quel génie ! *Les Noces de Figaro*, on adore. Puissant et beau. Et puis cette pièce. Beaumarchais qui défouraille. Tu l'as lue ? Elle dénonce les privilèges de classe. Enfin de notre classe. Euh non, de ta classe, ceux de la noblesse et de l'aristocratie. Des propriétaires terriens, des héritiers, des châteaux, des exploitants, des dominants, toute cette faune ! Heureusement, ça ne veut plus rien dire tout ça. Regarde. Tout est là. Le château, enfin les restes. Une forêt de cartons avec à l'intérieur plus aucun objet de valeur. La fin des haricots. Figaro a tué la noblesse ! Cette phrase est de Danton. Tu bois quelque chose, mon grand ?

Et Édouard se ressert un verre. Il a déjà beaucoup bu. Toi pas encore. Tu te laisses tenter. Il va trinquer et se ravise au dernier moment, en te demandant ce que tu fous là. Sa voix se trouble en même temps qu'elle se renforce. Tu recules de trois pas. Il a trop bu. Tu penses « encore », tu penses « déjà ». Et tu trempes tes lèvres dans ton verre sans en rajouter. Il te relance.

— Qu'est-ce que tu fous ici ?

— Je suis venu dire adieu au château. Ce que…

— Arrête avec ce nom débile ! Tu parles d'un château ! Une fichue baraque, oui. Maudite maison. Bal des faux culs. Fantômes perdus, tout est fichu.

Tu l'interromps et lui lances qu'il aurait pu te faire signe avant. Organiser un dernier week-end avec toute la famille par exemple, pour permettre à ceux qui restent de dire au revoir à l'endroit. Qu'il aurait pu te laisser choisir quelque chose, un objet, un souvenir, une photo, au lieu de préférer tout vendre aux enchères, y compris les albums et les décorations militaires, y compris tes cadeaux. Qu'il aurait pu. Qu'il aurait dû aussi te laisser essayer de reprendre la maison.

Le visage d'Édouard se déforme en une grimace de dégoût.

— J'aurais pu quoi ? J'aurais dû quoi ? Qu'est-ce que je te dois, à toi, d'abord ? Crétin ! Tu voulais quoi, qu'on enterre cette maison tous ensemble en chialant de honte et de désespoir de ne plus avoir de ronds pour la garder ? Mais non, tu voulais posséder ! Tu voulais trôner, plastronner entre ses murs. Monsieur voulait devenir propriétaire. Tu parles d'un héritage !

Tu ne relèves pas, tu gardes encore ton calme et précises. Tu précises que tu aurais aimé qu'il te prenne en compte. Qu'au nom de toutes ces années passées ensemble là-haut, qu'au nom de ton enfance, de tous vos souvenirs, il se rappelle que certains gestes ne réparent pas mais soulagent et qu'il aurait pu au nom des liens et de l'affection s'y prendre autrement avec toi. Parce que, ajoutes-tu :

— On n'efface pas une histoire de famille comme ça.

Et ça le met dans une colère noire, ce mot que tu choisis. Famille.

— Famille de quoi ? enchaîne-t-il. Quelle famille ?

Et c'est là qu'il s'énerve et te confisque la parole, là qu'il lâche, les yeux injectés de sang à cause de l'alcool, qu'il n'y a jamais eu de famille là-haut, pas plus qu'il n'y a eu de château, juste une maison habitée par des non-dits, des mensonges et des trahisons, hantée par des gens qui n'auraient jamais dû se rencontrer ou, en tout cas, auraient dû cesser immédiatement toute vie commune. Lui, le bâtard, le non-fils, ne s'est jamais senti chez lui dans cette baraque épouvantable, encore moins aimé, ni considéré par les siens, par ses sœurs ou plutôt ses demi-sœurs, par ce beau-père insultant et brutal, mari déchu d'une femme partie de sa vie sans avoir bougé. Non, il n'y a jamais eu de famille au château, seulement cette honte dont il a incarné le visage et porté le poids malgré lui pendant toutes ces années. Car ces gens, car ce milieu, cette caste finissante sont, au bout du compte, imperméables au bonheur et à la légèreté. À force de se croire au-dessus de tout, elle termine en dessous de tout. Alors, là, à son âge, que tu le comprennes bien, il est heureux d'avoir envoyé valdinguer toute cette merde, cette filiation truquée, de s'être débarrassé de cette ruine et de ne pas être totalement de ce sang-là.

— Maintenant, dégage !

C'est un mélange de colère et de tristesse qui t'envahit, comme un voile qui se soulève enfin et révèle un autre décor. Il y a des images qui se bousculent, un flot ininterrompu de souvenirs de toi et de lui dans le jardin, de l'enfance encore et toujours, un lapin en chocolat, une course-poursuite en tenue de gendarme, le rire d'une femme fatale américaine, un smoking, un Polaroid, des Noëls et des bouteilles de champagne. Il y a la splendeur d'un homme qui revient dans ton cœur, et ce vieux qui hurle dans cette pièce sinistre et tout se mélange et tout s'emmêle. Les mots de Virginie accompagnent ton bras quand tu tires de ton sac ton arme et la pointes sur lui. Tu revois les visages d'Estelle, de Nathan et de Juliette. .38 Smith & Wesson, crosse en bois clair, tes initiales gravées dessus. Tu perds la raison. Et la voix de Virginie te revient.

« Tu veux la vérité, Luigi ? Tu fais peur. »

50

L'orage s'est décidé à frapper. Et le bruit du tonnerre a couvert la détonation. La pluie retient encore ses coups sous le ciel noir. Plus pour longtemps. Tu es à la fenêtre, un autre verre de vin à la main, et tentes de retrouver tes esprits. Tu tournes le dos à la scène pour fuir encore un peu.

Tu trembles. Édouard est au sol. Il s'est jeté sur toi quand il a vu ton arme. Le coup est parti alors que vous étiez l'un sur l'autre, corps à corps, emmêlés. Édouard ne bouge pas, une flaque de sang se répand autour de lui. Après le fracas, le silence, la pluie résonne enfin sur le toit. Ta tête pèse une tonne et tu ne sens plus tes jambes. Aucune image ne remonte pour te réchauffer, à cause de la puissance de l'adrénaline, puis le visage des enfants, la voix d'Estelle, le paquet de lettres posé sur ta table de nuit apparaissent. Virginie. L'inachevé. Ta grand-mère. Ta mère dans une ambulance. Tu ne bouges pas et tournes la tête vers Édouard. Il te sourit, grelotte, le souffle court, cherche ses mots et ironise.

— Ça va aller. Tu ne m'as pas tué, va, sale petit con, juste saigné comme un cochon. T'as jamais su viser, de toute façon. Tu raterais une vache dans un couloir. J'ai froid. Attrape-moi une couverture.

Tu t'exécutes et lui tends un plaid, il est blanc, si blanc, si vieux. Lui que tu as toujours vu si grand est soudainement si petit. Il soupire et te fait signe d'approcher.

— Je n'avais pas d'autre choix que de me débarrasser du château, je n'avais pas d'autre choix et je l'ai fait avec l'accord de ta grand-mère. Tu comprends ? C'est elle qui m'a encouragé, si tu veux tout savoir. Il n'y a plus rien à sauver chez nous. Et encore, tu ignores l'essentiel.

Édouard se tait et depose un silence entre vous.

Tu l'encourages à poursuivre.

Il reprend.

— Un mensonge entraîne l'autre. Tu connais la formule ? « *Abyssus, abyssum invocat.* » L'abîme entraîne l'abîme. Au point où nous en sommes. Il est temps de se délivrer des mensonges, mon fils. Oui, mon fils, mon garçon. Regarde-moi !

Regarde ton père ! Ça t'en bouche un coin, n'est-ce pas ?

Il rit. Ses yeux sont voilés.

— Ne t'inquiète pas, tu vas t'en remettre. Rien n'est grave, jamais. Quoi ? Tu veux savoir ? Ouvre bien tes oreilles. Je t'ai eu… Je t'ai eu avec une énième maîtresse américaine. Pourquoi cette lubie des Américaines ? À ton avis ? T'en parleras à ton psy. Elle est bonne, celle-là. On ne va pas en faire tout un plat. Elle est tombée enceinte mais je ne voulais pas d'enfant. Elle te voulait tellement qu'elle t'a abandonné à ta naissance et a disparu du jour au lendemain. Un vrai conte de fées. Et je me suis retrouvé seul avec toi sur les bras. Tout le monde s'est réuni au château et il a été décidé, assez vite, que ma sœur, celle que tu penses être ta mère, deviendrait ta mère. Elle a fait ça pour toi, pas pour moi, je te rassure. Voilà ce que je n'ai jamais eu le courage de t'avouer et le plus grand secret du château. Personne n'en a plus jamais parlé. Remarque, si on savait parler dans cette famille, ça se saurait. C'est ainsi que tu es devenu à quelques jours à peine le fils d'une autre, l'enfant de ma sœur, et d'un autre homme que ton père. Exactement comme moi, finalement. Passe-moi une cigarette.

Tu avises le paquet sur la table et le lui tends.

— Du feu.

Tu cherches dans sa poche un briquet.

— Tu vois Luigi, les chiens ne font pas des chats. Entre bâtards, on se comprend. Hein ? Mon grand ? Voilà, tu ne seras pas venu pour rien. Maintenant donne-moi mon portable, que j'appelle une ambulance, et dégage, j'inventerai une histoire à la con pour justifier cette balle qui ne m'aura même pas tué. Tu n'as jamais su te servir d'une arme. Guignol. La prochaine fois, vise le cœur. Et surtout, fils : ne reviens plus jamais par ici.

51

Le ciel a fini par céder. Des torrents de pluie s'abattent sur la forêt. La nuit est parsemée d'éclairs, l'orage donne à voir comme en plein jour. Tu as quitté cette ferme sous des trombes d'eau, sonné. Tu es repassé par le village sans rien décider et tu t'es arrêté une dernière fois devant le château, dans un état second. Tu as éteint tes phares, personne ne t'a remarqué. Tu ne te souviens plus de rien, juste que ta tête était vide, que tu es sorti de ton corps et que la maison a disparu dans ton rétroviseur dans un halo de lumière. Une lumière de fin du monde. Ensuite, tu as accéléré, et accéléré encore pour gagner l'autoroute et rentrer chez toi. Tu n'as pensé qu'aux enfants, à retrouver Juliette et Nathan et tu as décidé qu'Édouard t'avait raconté n'importe quoi. Pitoyable comédien. Une fois de plus, il avait menti. Une fois de plus il avait choisi de te manipuler. Tu as choisi de ne jamais chercher à connaître la vérité et à tout oublier pour de bon, sans donner d'importance à ces mots pour ne pas basculer dans les abysses. Tu as vidé ton cœur sur la route et jeté les souvenirs par la fenêtre. Il ne reste plus rien du château, plus rien de toi là-bas. Ton enfance est loin désormais et ton passé ne sera bientôt plus qu'un tas de cendres. Il te faudra vivre avec ça, loin des regrets qui consument et divisent, loin des remords qui ne servent à rien. Loin des tiens et de leurs turpitudes, et encore une fois des mensonges et des trahisons. Tu veux juste vivre au présent, tirer un trait sur le reste et recommencer. Tu cries pour te libérer et revenir un peu à toi. Tu jettes ton Smith & Wesson par la fenêtre et fonces dans la nuit.

Les lumières de la ville.

Tu gares ta voiture juste en bas.

Tu promets de ne plus jamais fuir et d'apprendre à parler. Tu promets de ne plus te soustraire à tes démons. Et tu te le répètes, tu n'as jamais tiré sur Édouard, c'est lui qui a retourné l'arme contre lui, en visant son ventre pour ne pas se tuer, plantant dans tes yeux son sourire. Comme d'habitude, il a ensuite tout inventé. Tu choisis cette version pour ne plus avoir peur et revenir à la réalité. As-tu raison, as-tu tort ? C'est ton choix.

Tu rentres chez toi ; Alexandra dort dans ta chambre, aucune trace d'Estelle. Tu ne cherches pas à comprendre. Tu files embrasser tes petits. À quoi rêvent -ils ? Demain, ils te retrouveront sur le canapé. Il fera meilleur. La chaleur sera retombée. Tout sera enfin respirable, ton autre vie pourra commencer.

Épilogue

Trois mois après

Estelle

Le soleil nous attendait à la sortie du tribunal. Nous avons divorcé ce matin. En sortant, Luigi s'est arrêté pour saluer Fabrice qui patientait dans le café du coin. Il a tenu à m'accompagner. Au moment des présentations, Luigi a eu un geste de recul, comme si son visage lui disait quelque chose. Quand il lui a posé la question, Fabrice a juré que non, qu'ils ne s'étaient jamais rencontrés.

Luigi a murmuré. Je me souviens qu'il a parlé d'un certain Marcel, Marcel Vidal. De l'épicerie du village, que ce nom lui revenait maintenant alors qu'il l'avait oublié et longtemps cherché. Et il s'est tu.

Nous sommes passés à autre chose et avons bu nos cafés en échangeant, un peu gênés, des banalités. L'humeur est devenue légère et j'étais soulagée de voir Luigi aller mieux. Nous nous sommes souhaité d'être heureux. Fabrice l'a regardé partir, il a mis la main sur mes yeux et m'a embrassée en me serrant dans ses bras.

Je n'ai pas osé poser la question à Luigi. Nous ne nous sommes jamais revenus sur cette fameuse nuit. Nous n'en avons jamais reparlé. C'est étonnant, mais c'est comme ça. Je me doute qu'il a su que j'étais partie le chercher ce soir-là. J'imagine que les enfants lui ont tout raconté, ou au moins que Suzanne lui a dit. Je n'ai jamais évoqué ce sujet avec personne et personne, même Alexandra, n'est jamais revenu dessus. C'est étrange, une famille. Certains secrets restent enfouis et c'est peut-être mieux comme ça.

Évidemment que je m'interroge. Comment avons-nous fait pour nous croiser sans jamais nous trouver ? J'y vois un signe. Il n'y avait personne au château quand je suis arrivée. Aucune trace de lui. La propriétaire était repartie et le gardien de nuit a gentiment accepté de m'ouvrir. Il m'a confirmé que Luigi était bien passé, mais il avait disparu en fin d'après-midi. Je ne saurai jamais ce qui s'est réellement passé. Ce qui l'a conduit jusque là-bas et a motivé sa disparition. J'ai fini par l'accepter. Ce n'est plus mon problème après tout. La vie du père de mes enfants ne me concerne plus, nous sommes déconnectés. Je me dois d'avancer. Mais c'est plus fort que moi.

J'ai revu cette scène des centaines de fois et, en signant les papiers du divorce, elle m'est revenue. Quand je suis rentrée, Luigi dormait sur le canapé du salon. J'ai choisi de ne pas le réveiller pour une explication, et j'ai filé dans ma chambre, dormir avec Alexandra. C'est Fabrice qui me l'a appris, quelques jours plus tard, en me montrant un article sur son téléphone. Il m'a demandé si c'était moi en se marrant.

Le château a brûlé juste après mon départ. Les clients ont juste eu le temps de quitter leurs chambres. Heureusement personne n'a été blessé. Il ne reste rien. J'ai senti mon cœur se fendre en apprenant la nouvelle et je suis restée sans rien dire, effarée. Parfois je me demande si ce n'est pas Luigi qui a mis le feu, puis c'est plus fort que moi, je l'imagine coincé dans les flammes ; c'est fou, cette vision me réveille la nuit. Luigi brûle dans sa chambre d'enfant et je me réveille en sursaut. Fabrice est là pour me réconforter. Il trouve les mots pour me calmer et attend que je me rendorme en me caressant les cheveux. Cet homme est fort. Je me sens en sécurité avec lui. Je sais qu'il m'aime pour les bonnes raisons et que nous allons continuer d'être heureux. J'ai cette certitude. Je me sens bien. Enfin, j'ai confiance.

Cet ouvrage a été mis en pages par

<pixellence>

CET OUVRAGE
A ÉTÉ ACHEVÉ D'IMPRIMER
SUR ROTO-PAGE
PAR L'IMPRIMERIE FLOCH
À MAYENNE EN DÉCEMBRE 2023

N° d'édition : 617794-0. N° d'impression : 103781
Dépôt légal : février 2024
Imprimé en France